KB086210

그리고, 축제

도서출판 아시아에서는 《바이링궐 에디션 한국 대표 소설》을 기획하여 한국의 우수한 문학을 주제별로 엄선해 국내외 독자들에게 소개합니다. 이 기획은 국내외 우수한 번역가들이 참여하여 원작의 품격을 최대한 살렸습니다. 문학을 통해 아시아의 정체성과 가치를 살피는 데 주력해 온 도서출판 아시아는 한국인의 삶을 넓고 깊게 이해하는 데 이 기획이 기여하기를 기대합니다.

Asia Publishers presents some of the very best modern Korean literature to readers worldwide through its new Korean literature series 〈Bilingual Edition Modern Korean Literature〉. We are proud and happy to offer it in the most authoritative translation by renowned translators of Korean literature. We hope that this series helps to build solid bridges between citizens of the world and Koreans through a rich in-depth understanding of Korea.

바이링궐 에디션 한국 대표 소설 054

Bi-lingual Edition Modern Korean Literature 054

And Then the Festival

이혜경
그리고, 축제

Lee Hye-kyung

ASIA
PUBLISHERS

Contents

그리고, 축제   007
And Then the Festival

해설   089
Afterword

비평의 목소리   099
Critical Acclaim

작가 소개   108
About the Author

그리고, 축제

And Then the Festival

휴대폰 액정에는 다시 또 진의 이름이 떠 있다. 옛 직장 동료인 진은 사흘째 날마다 전화를 걸어왔고, 음성 메시지와 문자를 남겼다. 늘어나는 부재중전화 기록을 보면서도 나는 전화를 받지 않았다. 진을 마지막으로 본 건 석 달 전이었다. 해장국을 먹고 헤어질 때 진은 내 어깨를 툭 쳤다. 그 가벼운 손길에 실렸던 정다움을 떠올리자 더는 외면할 수 없었다.

"당신 왜 그렇게 전화 안 받냐? 난 또 무슨 일 났나 했네. 아픈 거야? 아니면 어디 여행이라도 다녀왔냐?"

아무에게나 당신이라는 호칭을 사용하는 진의 껄렁껄렁한 목소리에 염려가 무서리처럼 옅게 깔려 있다.

There he was again on my cell phone—Jin, my former boss. He'd been after me the last three days, one message or text after another. I'd seen them gathering on my call log but hadn't responded. The last time I saw him was three months ago. I could almost feel his affectionate pat on the shoulder when we parted after our hearty bowls of wake-up soup, and I decided I could avoid him no longer.

"Hey, babe, how come you're not picking up? You got me worried—did something else happen? Are you sick? Did you go off somewhere?"

I was used to the jaunty tone and the "Hey,

9

"아니, 그냥. 전화 받기 좀 그래서."

"왜 그래. 요즘 같은 세상에 천하의 강지선이 그만한 일로 은둔하고 그러냐. 나와서 술도 사달라고 하고 좀 그래봐라. 요즘 어떻게 지내? 바빠?"

"그냥 그래."

"그래, 잘됐다. 바쁜 일 없으면 어디 좀 갔다 와라. 당신, 전에 날 버리고 어학연수 간 데가 인도네시아 맞지? 발리 한번 다녀오지 않을래?"

내 목소리가 바람 빠지는 풍선이거나 말거나, 진의 목소리는 열병식 하는 군인들의 발걸음 같다. 상대방의 반응에 아랑곳하지 않는 진의 일방적인 말투는 대체로 무례한 구석이 있지만, 때로는 달궈진 살갗에 바르는 맨소래담처럼 산뜻하게 느껴지기도 한다. 성희롱의 수준을 넘어서는 말도 진의 입에서 나오면 끈적이기는커녕 잘 마른 콩처럼 데구르르 구를 뿐이었다. 상명하복을 신조로 삼는 마초 중의 마초인 진과 '사람 위에 사람 없고 사람 밑에 사람 없다'는 식으로 위아래 구분 없이 수평을 만들어버리는 내가 친하게 지내는 걸 직장 후배들은 불가사의로 여겼다. 패션 감각은 꽝인데다 화장으로 나이를 커버하려는 노력마저 안 하는 나를 더없이

babe," which he used with every woman in the office, but the tinge of concern in that voice felt like fall's first frost.

"No, no, and no. And the reason is just because."

"Just because what? Is the estimable Kang Chisŏn hiding out because of our little tête-a-tête? No? Then venture forth from your den and pester me for a drink. What are you up to, anyway? Busy busy busy?"

"Not really."

"That's my girl. If you've got time on your hands, then I've got just the assignment for you. Remember when you ditched me and took off to learn a language—in Indonesia, right? So, how'd you like to take a little junket to Bali?"

I must have sounded like air wheezing from a punctured balloon, but regardless, his voice marched through the phone like soldiers in a parade. There was always something uncivil in his tone—he came across as obtuse and insensitive—but to me it could feel refreshing as a menthol rub on sore muscles. He might say something that qualified as sexual harassment, but from his mouth, the words were far from suggestive, instead more cut and dry. To the younger ones at the magazine

여성적이라고 믿는 유일한 남자가 진이었다. "니들은 아직 어려서 강지선의 페인팅 모션에 넘어가지만 난 안 속는다. 내가 보기엔 강지선이야말로 여자 중의 여자다." 그러면서 눈이 부시다는 듯 나를 바라보았다. "진 선배, 우리도 강 선배를 좋아하긴 하지만 강 선배가 여자답다니 그건 심히 오번데요?" 후배들의 타박에도 시종일관 꿋꿋했다. 진이 후배들 군기 잡는답시고 사무실에 살얼음을 깔 때, 나에겐 있는 대로 깃털을 펼치고 으스대는 수공작의 가련한 허세와 그 바닥의 불안이 보일 뿐이었다. 극과 극은 통한다더니 정말 그런가보다, 라는 게 진과 나의 친분에 대해 후배들이 내린 결론이었다. 십여 년 전, 내가 직장을 그만둘 때 가장 걱정해준 사람도 진이었다. "계란 한 판 채운 여자가 대책 없이 때려치운다니, 폼은 난다. 그래도 난 걱정된다. 나야 그만 두면 마누라한테 눈칫밥이라도 얻어먹겠지만, 당신은 먹여살려줄 남자도 없잖냐. 정 그러면 한두 달 쉬다 오든가. 내가 어떻게든 땜방하며 버틸 테니." IMF로 얼어붙은 시절, 제 처지도 위태로운 판에 큰소리 탕탕 치는 게 우스웠지만, 고맙고 든든했던 것만은 사실이었다.

"발리? 〈발리에서 생긴 일〉 끝난 게 언젠데 이제 와서

our close relationship was an enigma—he was, after all, the macho of all machos, an "I give the orders and you obey" type, whereas I arranged everyone on the straight line of egalitarianism—"No one above me, and no one below." And he was the only man who believed I was the epitome of femininity, though I had zero fashion sense and made no effort to conceal my aging face with makeup. "You young stuff wouldn't recognize a woman unless she was all dolled up. But I'm here to tell you, Kang Chi-sŏn is the woman of all women," he'd say, all the while regarding me, the source of his bedazzlement. "Jin, we like her too, but 'woman of all women'? Come on." Jin acted unfazed at such comebacks, but when he made his you're-skating-on-thin-ice threats to them, all in the name of office discipline, I saw only the bluffing that comes from anxiety—there was something pathetic about it, like a peacock flaunting his plumage. Sure enough, opposites attract—that was the verdict of the young ones about our friendship. It was Jin who was most concerned for me when I'd left the magazine ten years ago. "The drama queen exits! Let's hear it for her. You've been through the ringer, and off you go into the sunset—wow! Why do I

발리야. 휴가철도 다 지났구만. 그리고 나 이제 머리 쥐어뜯으며 기사 같은 거 안 쓰는 거 알면서. 내가 유한마담으로 지내는 게 그렇게 배 아파?" 말하는 순간, 떠올랐다. 석 달 전, 진에게 일감을 찾게 될지도 모른다고 흘리듯 말한 건 나였다. 여느 때 같으면 그 사실부터 상기시키며 빈정거렸을 진이 어쩐 일인지 건너뛰었다.

"지금 나에게 필요한 게 바로 그 유한마담이라네. 우리 잡지 독자가 딱 당신처럼 먹고사는 걱정 없고 시간은 남아도는 여자들이잖아. 발리에서 작가 페스티벌이 열리는데, 그게 『하퍼스 바자』에서 세계 6대 문학 페스티벌 중의 하나로 치는 거래. 재미있을 거 같지 않아?"

진은 지금 상류층 주부들을 대상으로 하는 멤버십 잡지를 만들고 있다. 고급 호텔의 정보 같은 걸 주로 싣는, 럭셔리를 지향하는 잡지였다. 『하퍼스 바자』에서 언급하지 않았더라면 작가 페스티벌 같은 걸 다룰 일은 없었을 것이다.

"작가 페스티벌이면 작가들 나와서 인생이란 어쩌고 하면서 골치 아픈 이야기 하는 거잖아. 거기 독자들은 애들 사교육이며 성형수술, 재테크만으로도 뇌용량 초과일 텐데?"

worry, then? If I quit, I've got the wife to make me earn my keep. But you? You've got no man, nothing, zilch. Tell you what—take a couple months and think it over. And I'll try to figure out how to survive without you." It was kind of ridiculous, him talking like a big shot during the IMF crisis, when his own position was shaky, but I couldn't deny how thankful and reassured I felt to hear that.

"Bali? Why Bali? It's been ages since I finished those articles. And vacation season's over, so you don't need a travel piece. And you know I'm no longer pulling my hair out over deadlines. Is my Lady Leisure act giving you indigestion?" But the next moment it came back to me—*I* was the one who told him three months ago I might hit him up for some work. Normally he would have jogged my memory with an acid remark, but this time he was kind enough to desist.

"Matter of fact, Lady Leisure is just who I need at the moment. Our readers are women just like you —all the time in the world and no worries about scrounging a living. There's a writers festival in Bali, and guess what—*Harper's Bazaar* rates it among the top six in the world. Doesn't that pique your interest?"

"어허, 우리 독자쯤 되면 그런 건 다 뗐다네. 이제 휴양지에서 문화와 교양을 듬뿍 누리는 데나 관심 있을까. 당신은 그래도 거기 말도 하잖아. 페스티벌은 영어로 진행되겠지만, 깊이 들어갈 것 없이 스케치 정도면 될 거고."

"오래돼서 그쪽 말 다 잊었어. 그게 아니더라도, 어디 갈 마음 없어, 지금은."

"봐줘라. 사실은 가기로 했던 애한테 사고가 났어. 다른 애들 가고 싶어서 난린데, 마감도 제대로 못 지키는 것들이 노는 데만 목매다는 게 미워서."

진은 금방 깃을 접었다. 있는 대로 허세를 부리다가도 들켰다 싶으면 얼른 머리 박고 꽁지를 환히 드러내는 게 진의 미덕이었다. 마초 기질로 무장한 진이 꼬리를 내리면 나는 또 그만큼 물러섰다.

"지금 사무실에서 전화하는 거 아냐? 말 함부로 하는 버릇은 여태 못 고쳤네?"

"괜찮아, 다들 나갔어. 안 그래도 요즘은 아랫것들이 상전이라 눈치보며 살아. 당신하고 일할 때가 천국이었지. 이메일 주소 그대로지? 지금 메일 보낼 테니까 바로 확인하고, 여권번호랑 영문 이름 챙겨 보내. 여권 기한

I should explain that the magazine Jin runs is for high-society wives and it's subscription only. A lot of articles on five-star hotels and resorts and a general focus on the life luxurious. If not for *Harper's Bazaar*, no way a writers festival would have come up on his radar screen.

"Maybe *my* interest, but what about your readers? What do they need with a bunch of writer spiels about the meaning of life? Your good wives already have brain overload—private tutoring for their kids, cosmetic surgery, their investments."

"Come on, give them some credit. Now when they go to resorts they're soaking up culture, not just the sun—lifelong learning, enrichment, see? And since you know some Indonesian, you're fine even if they're running the festival in English. All I'm asking is your impressions, nothing deep."

"I used to know some Indonesian—not any more. But even if I did, I'm not in the mood for traveling —at least not right now."

"Come on, give me a break. Something came up with the kid I was sending. All the others are dying to go there, but no thanks—they're so busy having fun they miss deadlines."

That's more like it—now he was folding his

남았나 확인하고."

내가 가는 걸 제멋대로 기정사실로 만들고 진은 전화를 끊어버린다. 드문드문 쓰던 잡지 원고를 안 쓴 지 일 년도 넘었다. 그 사실을 모를 리 없는 진이 등을 떠밀고 있다.

왕궁 입구엔 전통의상을 입은 여인들이 두 줄로 서 있다. 레이스 소재의 몸에 딱 붙는 블라우스와 엉덩이 윤곽이 선명히 드러나게 꽉 끼는 긴 치마가 교태롭다. 푸른 기운 감도는 먹빛 눈동자를 빛내며, 여인들은 동남아 여자들에게서 흔히 볼 수 있는 침착한 미소로 손님을 맞는다. 정작 왕궁의 출입문은 굳게 닫혀 있다. 채 입장하지 못한 사람들이 그 앞에서 서성인다. 잠시 후 문이 열리더니, 제복을 입은 경찰이 앞에 선 두 사람을 안으로 들이고 다시 문을 닫는다. 뜻밖의 풍경이다. 전 세계에서 모여든 작가들의 페스티벌, 그 전야제 격인 '갈라 페스티벌'이 벌어지는 왕궁 입구의 삼엄함은, 적지 않은 돈을 주고 산 티켓이 무색할 지경이다.

차례가 되어 들어가자 가장 먼저 맞는 것은 스캔 검색대다. 검색대를 통과한 뒤엔 가방을 열고 소지품을

wings. He could play the peacock all he wanted, but when the truth came out he'd hide his head and leave only his tail showing. That's what I liked about him. When macho Jin lowered his tail, my resistance crumbled.

"You're calling from the office, aren't you? That mouth of yours is going to get you in trouble, I swear."

"Don't worry, they all went out to lunch. You're right, though, I have to watch what I say, because they're getting too big for their britches—they act like *they're* the boss. I tell you, babe, it was heaven when you were here. I'll shoot you an email—same address, right? And I'll need your passport number and your name in English—and make sure the passport isn't expired."

End of conversation. In his mind it was a done deal. He knew as well as I did it had been more than a year since I'd stopped writing, and even then my production had been sporadic. He wanted to nudge me back into action.

Maidens in traditional attire flank the approach to the palace, fetching in their form-fitting lace-brocade *kebaya* blouses and their long, tight *kain* skirts.

보여야 한다. 화장품 파우치, 수첩, 볼펜, 빗, 티슈……
앞사람의 소지품이 탁자에 널려 있다. 그제야, 과민하
다 싶은 경계의 바닥에 깔린 무엇이 짚인다. 불안, 두려
움. '신들의 낙원', 휴양지의 대명사로 손꼽히던 섬은 클
럽과 공항 등에서 폭탄이 터지는 참사를 겪은 뒤, 자기
처지에 맞게 손님 맞는 방식을 바꾼 것이다. 큰일을 겪
고 나서 하루아침에 철들어버린 천둥벌거숭이를 보는
안쓰러움으로 나는 기꺼이 가방을 열어 보인다.

  검색대 맞은편엔 긴 탁자에 뷔페식으로 음식이 차려
져 있다. 음료를 마시며 이야기를 나누는 사람들을 페
스티벌 리플릿에 실린 작가 사진과 겹쳐보려다 그만둔
다. 문예지도 아닌 멤버십 잡지의 독자가 알아볼 만한
작가는 없는 듯했다. 진이 바라는 기사도 페스티벌에
국한된 것은 아니었다. 이미 알려질 만큼 알려진 발리
섬, 해양 스포츠나 시푸드, 해변의 호텔에 식상한 사람
들에게 섬 안쪽 마을 우붓을 알리고 색다른 축제를 소
개하는 정도, 사진 위주의 지면이 될 것이다. 마당 안쪽
무대에 있는 전통악기 가믈란 연주자들, 전통의상을 입
고 손님을 접대하는 남녀, 서로 이야기를 나누는 흑백
황인종 작가들을 몇 컷 찍는다.

They receive the guests with a sparkle in their midnight blue eyes, smiling the composed smile I've come to associate with South Asian women. But the gate is obstinately shut, and before long the guests have bunched up in front of it. Presently it opens, but only the first two in line are admitted before it's swung shut by a policeman. It makes me uneasy, such tight security at the evening-before gala of an international writers festival—is this the reason for the hefty registration fees?

I enter when my turn comes. More security— through the X-ray arch I go, and now I have to empty my bag for inspection. There on the table, the belongings of the person before me—cosmetics pouch, appointment book, pen, hairbrush, tissue. Only now am I beginning to fathom the anxiety and fear that underlie this hyper-vigilant security. Having experienced the loss of life in the airport and night club bombings here in the "Paradise of the Gods," they've had to adapt, and the way they greet their guests is one of the changes. It's like a daredevil who survives a near-fatal accident and learns overnight how to accommodate. Now I understand—having my belongings examined is a small price to pay.

식이 시작된다. 발리 섬 전통의상을 입은 서양 여인이 마이크 앞에 서서 페스티벌 관계자들을 호명하며 감사의 말을 전한다. 서양 여자치고는 작은 키에 보랏빛 레이스 블라우스와 현란한 무늬의 바틱 치마가 잘 어울린다. 리플릿 첫 면에서 사진으로 보았던 페스티벌 총책임자 앨리스다. 줌으로 끌어당기자, 총명한 눈매에 부푼 돛처럼 치들린 코가 강인해 보이는 얼굴이 다가든다. 옴 샨티 샨티 샨티 옴. 진언으로 인사를 마감한 앨리스에 이어 다른 사람이 다시 단에 오른다. 옴 샨티 샨티 샨티 옴. 반복되는 진언. 몇 사람의 인사가 끝나자, 누에가 잣는 실처럼 가늘고 높게 뽑아내는 여가수의 목소리에 섞여 가믈란 음악이 쟁쟁 울리며 활기를 띤다. 사진은 그만하면 되었다. 나는 카메라를 집어넣고 상이 차려진 곳으로 간다. 한 사내가 청주잔만한 작은 잔에 유백색 액체를 따라 늘어놓고 있다. "아락, 발리 전통주예요. 한번 마셔보세요." 잔을 건네는 사내의 미소가 짓궂다. 알코올 함량이 꽤 높은 편이라서 그럴 것이다.

아락은 기포가 혀끝을 톡 쏘는 듯 자극적인 술이다. 낮술이라선지, 아니면 알코올 도수 때문인지, 이내 피돌기가 빨라지는 느낌이다. 높은 담장으로 둘러싸인 왕

Before me are long buffet tables laden with food. I try to match the people sipping drinks and chatting with the faces in the festival brochure, but soon give up. It's not a literary journal I'm writing for, and chances are the housewife subscribers to the magazine wouldn't recognize any of the writers. The article Jin wants will cover more than just the festival. After all, his readers are already sated on stories about this resort island, which by now is as famous as it will ever be, and its water sports, seafood, and beachside hotels. So I'll fill the pages with enough photos to give them a taste of the festival and a glimpse of Ubud, where it takes place. With this in mind I shoot the gamelan musicians, the young servers in native garb, and the writers from Africa, Asia, and the West steeped in conversation.

And now the opening ceremony. A Western woman comes up to the microphone and thanks the festival participants one by one. Small of stature, she looks good in her purple lace *kebaya* and colorful batik *kain*. I check the brochure. There she is on the front page, Alice, the festival director. I zoom in, and her face comes up close, revealing perspicacious eyes and a prominent, full-sail nose.

궁의 좁은 마당에 북적이는 낯선 사람들. 영어와 인도네시아어로 나누는 소소한 대화, 그 목소리 사이로 섞이는 음악과 우렁우렁 울리는 댄서의 대사, 선과 악의 대결로 치닫는 바롱 댄스. 저물기 직전의 서먹한 환함 속에서 슬금슬금 젖어오는 취기가 오래 입은 면티셔츠처럼 익숙하게 달라붙는다.

대나무의 웅숭깊은 소리와 금속의 쟁쟁한 울림이 느슨하게 흐르던 피를 휘저었다. 호텔 로비에서 연주하는 가믈란 가락을 흘려들으며, 나는 입술에 묻은 맥주 거품을 핥았다. "지선, 넌 여기가 안정되면 다시 올 거지?" 미야코가 물었다. "글쎄, 잘 모르겠어. 넌?" "난 돌아올 거야." 미야코는 단호했다. 동그스름한 얼굴에 도톰한 입술, 건드리기만 하면 눈물을 쏟아낼 듯 커다란 눈이 순정만화 주인공처럼 보이는 미야코는 겉보기와 달리 당찼다. 일본에서도 외진 편인 작은 섬 출신인 미야코는 '평생 섬에 갇혀 살 생각하니 암담해져서' 스물여섯 살 생일날, 앞뒤 재지 않고 떠났다고 했다. 자바 섬의 작은 도시에 있는 대학 부설 어학원, 유일한 한국인이던 나를 학급원의 절반이 넘는 일본인 틈으로 끌어당긴 사

She ends with a mantra, *Om shanti shanti shanti om*. The next person up also ends with the mantra. Several greetings later, the gamelan ensemble livens up the proceedings, accompanying a woman who sings in a tremulous voice. That's enough photos for now. I make my way to the buffet tables and spot a guy setting out shot glasses filled with a milky liquid. With a naughty smile he offers me one. "Try it," he says. "It's what the Bali people drink—*arak*." He seems to be wondering if I can handle the stuff.

I wonder myself as I drink it. Wow—the tip of my tongue tingles, and whether the hour is too early or the *arak* too strong, I feel my blood quicken. Tipsiness clings to me like one of my well-worn cotton t-shirts. The last light of day is about to give way to dusk, and the cramped palace grounds ensconced within the high wall are bursting with people I don't know who chitchat in English and Indonesian, their voices interspersed with the amplified recitation of the singer performing the Barong dance, which tells the timeless story of the confrontation of good and evil.

The resonant sounds of gamelan instruments,

람도 미야코였다. 내 어설픈 일본어를 미야코만큼 참을성 있게 들어준 사람은 없었다. 나는 가끔 미야코를 놀렸다. "섬이 싫었다면서, 유럽 대륙도 있고 러시아도 있고, 가까운 곳에 중국처럼 너른 땅도 있는데 그걸 다 놔두고 또 섬으로 왔어?" 하면서. 불안정한 정국에 어쩔까 망설이는 나를 병아리 모는 씨암탉처럼 발리 섬으로 이끈 사람도 미야코였다.

달러화를 바꿀 때마다 현지 화폐의 액수가 많아져서 공연히 부자가 된 듯하던 것도 잠깐, 치솟는 물가에 생활고를 견디지 못한 현지인들이 시위에 나섰다. 한국에서라면 언성부터 높일 교통사고에도 웃으며 악수를 나누고 헤어지는 순한 사람들. 그 속에 차곡차곡 쌓인 분노는 용암 같았다. 상기집권과 부정부패로 나라 살림을 엉망으로 만든 정부에 대한 분노가 뜨겁게 분출했다. 상권을 장악하고 물가를 쥐락펴락하는 화교들 또한 그 불길을 피하지 못했다. 방화와 약탈이 자행되었고, 강간당한 화교 여성 이야기가 떠돌았으며, 사람이 죽어나가기 시작했다. "지선, 너도 대사관에서 연락받았니? 어서 떠나라고 난리인데." 미야코가 어째야 할지 모르겠다는 표정으로 물었다. 내가 머물던 소도시는 상대적으

bamboo and metallic, traversed the lobby, giving my tired blood a charge. "Chi-sŏn," my Japanese friend Miyako asked me over beer as I licked foam from my lips, "you'll be back when things settle down, right?" "I'm not sure," I said. "How about you?" "Definitely." Miyako was a tough cookie, belying her boy-meets-girl cartoon appearance— round face, plump lips, and huge eyes that seemed ready to spill tears at the slightest provocation. Born and raised on a remote island, she told me she had left home on impulse on her twenty-sixth birthday—*I was so depressed at the prospect of being stuck on an island the rest of my life.* It was thanks to her that I'd transferred to her class, half populated with Japanese, at the university language institute in Java, rescuing myself from a class in which I was the one and only Korean. And no one was as patient as her with my clumsy Japanese. Sometimes I made fun of her. *I don't get it—you're right back on another island, when you could have gone to Europe or Russia or disappeared next door into China!* But I would never forget that she was the one who like a brood hen brought me to Bali when I myself was brooding over the political turbulence in Java.

When I first arrived in Indonesia I felt an extrava-

로 조용했다. 한국 교민은 열 손가락으로 꼽을 정도인데다, 나는 그들과 교분이 없었다. 연락 같은 게 올 리없었다. 그 조용한 도시에서마저 시위 도중 사람이 죽었다. "대사관에서 최후통첩을 해왔어. 이번 주까지 떠나지 않으면 안전을 보장할 수 없대. 자카르타는 위험하니까 거치지도 말래. 발리로 나가라는 거야. 같이 가자." 그나마 친분 있는 일본인들이 짐을 꾸리자 두려워졌다.

섬에서 섬으로 건너온 것뿐인데, 발리는 딴 세상인 듯평화로웠다. 마음도 덩달아 느슨해졌다. 언제 다시 돌아올지 기약이 없었다. 돌아오고 싶은 마음도 없었다. 주요 외국어도 아닌 인도네시아어 공부에 미련이 남은것도 아니었다. 남은 현지 화폐가 종이쪽처럼 여겨졌다. 이전에는 엄두도 못 내던 비싼 레스토랑에서 식사를 하고 호텔 바에서 대낮부터 맥주를 마셨다. '별'이라는 상표의 맥주에 알딸딸해져서 풀린 눈으로 밖을 내다보면, 눈이 멀 듯 하얗게 부서지는 햇살 아래 열대의 초록 잎이며 그 사이 돋은 꽃들이 요요했다. 공항으로 가는 택시에선 적지 않은 거스름돈을 팁으로 주고, 공항의 기부금 함에 지폐며 동전을 남김없이 털어넣고 비행

gant sense of wealth whenever I exchanged American dollars for rupiahs. And then the people got fed up with the soaring prices and took to the streets. They're gentle folk who would just as soon shake hands and walk away from a fender-bender with a smile, whereas back home the principals would start shouting first thing. But gathering inside them like lava was rage at the government that had long ago seized power and through its corruption made a mess of their lives. That anger erupted, and the ethnic Chinese, whose commercial supremacy allowed them to manipulate prices like an accordion, couldn't avoid the flames. Fires and looting broke out, Chinese women were supposedly being raped, and the killing started. *Chisŏn, have you heard from your embassy? We're getting nonstop warnings—I've never seen our officials so agitated.* Miyako's face was troubled; she didn't know what to do. The small city where I lived was still relatively quiet. There were less than a dozen Koreans there, and I had nothing to do with them. I was out of touch. But then the demonstrations arrived at that quiet place, and there was a fatality. *We just got the last call from our embassy to evacuate. They can't guarantee our safety if we're not out by this week.*

기에 올랐다. 통로를 사이에 두고 세 사람씩 앉게 되어 있는 비행기는 다른 지역을 거쳐 온 듯했다. 드문드문 이미 자리에 앉은 사람들 사이로 어수선한 기미가 있었다. 내 좌석은 맨 끝, 두 사람이 앉는 자리였다. 창 쪽 좌석에 앉은 남자는 창에 붙다시피 밖을 내다보고 있었다. 짐을 선반에 얹고 자리에 앉자 그가 오랜 잠에서 깨어난 듯 부스스한 표정으로 물었다. "오늘이 며칠인가요?"

페스티벌 프로그램은 다양하다. 5박 6일에 걸친 페스티벌 기간 동안, 레스토랑과 은행 라운지 두 곳에서 행사가 벌어진다. 각각 세 명의 작가가 한 가지 주제를 놓고 진행자와 이야기를 나누는 형식이다. 일정표를 펼치고 진의 독자들에게 흥미로울 세션을 뽑아본다. '거울을 통해'라는 주제로 아동문학가들이 나누는 이야기, '아시아, 그녀들은 썼다'라는 제목으로 세 나라의 여성 작가가 자기들의 삶에 대해 말하는 세션을 우선 표시해놓는다. 대담이 벌어지는 동안에도 다른 장소에선 각종 워크숍이 열리는가 하면, 저녁엔 곳곳에서 연극이며 음악, 춤 공연이 있다. 대담은 한두 개 보면 될 것 같고, 워

And we need to avoid Jakarta, it's dangerous there. They want us to go to Bali. Let's go together. The sight of Miyako and my other Japanese acquaintances packing scared me into action.

I was only moving from one island to another, but Bali was so peaceful it felt like a different world. I went with that relaxing flow. And then it was time to go home. Miyako wanted to know when I'd be back. I couldn't promise her anything, and frankly, I wasn't inclined to return. I had lost my attachment to studying Indonesian, which was not a mainstream language anyway. The rupiahs that had made me feel rich now looked like scraps of paper. I took to eating at fancy restaurants, something I wouldn't have dreamed of earlier, and drinking beer at hotel happy hours. Eyes bleary from Star beer, I looked outside at the flowers bursting from the riot of tropical green in the blinding sunlight. The day I left I gave a generous tip to the taxi driver, emptied my pockets into the charity collection at the airport, and boarded my flight. I sensed a mood of buoyant anticipation among the scattering of through-passengers and realized as I walked down the aisle between the three-seat rows that this flight had originated else-

크숍 스케치, 나머진 우붓 거리 풍경이며 맛있는 음식점, 개성 있는 공예품점을 소개하는 박스 기사로 채우면 될 것이다.

뭔가를 오래 읽기엔 불빛이 침침한 편이다. 일정표를 접어두고 밖을 내다본다. 호텔로 돌아가던 길, 바나나 굽는 냄새에 이끌려 들어온 식당은 조촐하나 정감이 느껴진다. 지붕은 있으나 벽이 없어서, 툭 트인 벌판이 내다보인다. 탁자 여섯 개가 놓인 홀 안쪽엔 마루처럼 돋워서 신을 벗고 앉을 수 있는 자리가 있다. 일본인으로 보이는 노인 둘이 그 자리에 앉아서 맥주를 마시며 이야기를 나누고 있다. "요시모토 씨는 곧 돌아간다고 하더군요." "그렇습니까? 전 또 다이무라 씨처럼 아예 눌러사는 거 아닌가 했는데……" "다이무라 씨는 자식이 없었으니 여기서 임종을 할 수 있었지요. 그렇지만 요시모토 씨는 자식이 있으니 돌아가야겠지요." 손님이라고는 그들과 나뿐이어서, 듣지 않으려 해도 그들의 대화가 귀에 들어온다. 뜨덤뜨덤 머릿속에 박히는 일본어 단어들. 어느새 어둠에 잠긴 벌판으로, 작은 빛이 휙, 휘익 스친다.

"반딧불이에요."

where. I arrived at the two-seat last row. The man in the window seat was practically glued to the oval, gazing outside. I stuffed my carry-on in the overhead bin, and when I was seated the man turned to me and asked, as if he'd just emerged from hibernation, "What's the date today, Miss?"

The six-day festival sessions take place at a restaurant and a bank conference room, each event consisting of three writers and a facilitator speaking on a set topic. I check the schedule, looking for sessions that might intrigue Jin's readers. The first two I circle are "Through the Looking Glass," a session for writers of children's literature, and "Writing Women," featuring a writer each from three countries, discussing their life stories. Workshops take place concurrently at other venues, and in the evening we can watch performances of drama, music, and dance. I figure I'll take in one or two of the sessions, and fill in the article with a sidebar on the workshops, and photos of the eateries and craft shops of Ubud.

Drawn by the aroma of roasting bananas, I find myself in a humble, cozy restaurant with a roof but no walls, leaving the fields beyond in plain sight.

볶음밥과 바나나구이를 가져온 종업원이 묻지도 않았는데 말해준다. 제 몸으로 빛을 내며 날아다니는 반딧불이가, 바람결에 실린 듯 빠르게 날며 빛을 더 키운다. 작은 섬도 밤바다의 등대 불빛도 보지 못한 채 오래 바다를 떠도는 배처럼 막막한 항해가 몸에 밴 사람들. 일본인들이 잠시 말을 끊고 벌판을 내다본다. 어쩌면 미야코도 이들처럼 늙게 될지 몰랐다. 정세가 안정된 뒤 다시 자바 섬으로 돌아갔던 미야코는 피지를 거쳐서 지금 이 년 기한으로 도미니카 공화국에 가 있다. 미야코의 꿈속에 어떤 언어들이 등장할지, 나는 가끔 궁금했다.

십 년 가까이 쓴 적이 없는데도, 응우라 라이 공항에 내리는 순간부터 잊고 있던 인도네시아어 단어들이 툭툭 비어져나왔다. 떠듬떠듬 떠올렸던 단어들은 첫 밤이 지나자 문장이 되어 나왔다. 몸의 어딘가에 오랫동안 잠복해 있다가 이 땅에 내리는 순간, 되살아나기라도 한 것처럼. 어쩌면 나도 이곳으로 다시 돌아와 더 많은 단어를 내 몸에 새길 수도 있었을 것이다.

정국이 안정된 뒤에도 나는 이 나라로 돌아오지 않았

The lighting's too dim for reading, so I put away the brochure. There are six tables and in a recess behind them a raised platform where two elderly Japanese men have removed their shoes and sit cross-legged drinking beer. "Yoshimoto-*san* wants to go back." "Really? I thought he would settle here just like Taimura-*san*." "Well, Taimura-*san* was childless, so he didn't mind living out his days here. But Yoshimoto-*san* has children." I don't mean to eavesdrop, but it's only them and me here. A few words and phrases of Japanese have lingered in my memory. Before I know it dusk has fallen over the fields, and dots of light flit past.

"Fireflies," the waiter volunteers when he brings my fried rice and roasted banana. They look brighter in the breeze. But the two Japanese men strike me as people on a desolate voyage, no sight of land by day or lighthouse by night, drifting on a ship that's become their second skin. They gaze silently at the fields. Before long Miyako will have their aging look. She returned to Java after the unrest, then left for Fiji and is now in the Dominican Republic on a two-year service program. I sometimes wonder which language she dreams in.

I hadn't used the language in a decade, but as

다. 비행기에서 만난 남자와 일곱 시간 동안 수다를 떤 여파였다. 빠른 속도로 통화요금이 올라가는 액정화면의 눈치를 보며 한국으로 전화를 걸 때에나 써보던 모국어였다. 그 한국어로 말하자니 파득파득 생기가 도는 듯했다. 그가 나보다 다섯 살이나 어리다는 걸 알게 되자 동생을 대하듯 스스럼없어졌다. 일곱 시간 동안, 나는 예쁜 도마뱀과 엄지손가락만한 바퀴벌레와 풍뎅 빠져들 것처럼 매력적인 열대 여인들의 눈빛을 이야기했다. 그는 어린 시절, 독일로 이민했을 때의 기억을 꺼냈다. "좋은 곳으로 간다고 생각했는데, 차가 자꾸만 산속으로, 집도 없는 산속으로 들어가는 거예요. 노래에 나오는 그 로렐라이 언덕 있잖아요. 부모님이 거기 자리 잡고 식당을 했어요. 해외여행 자유화 뒤로 어쩌다 한국 손님이 오시면, 부모님은 그 사람들 곁을 떠나지 못했어요." 그는 유럽의 본사에서 연수를 마치고 부임지로 가는 길이었다. 한국의 지사에서 근무하게 되었지만 자주 유럽에 오갈 거라는 그는 앞으로 이 긴 비행시간을 어떻게 감당할지 막막하다고 했다. "누나나 여동생 있어요?" "네? 여동생이 한 명 있긴 한데……" "여동생에게 뜨개질 배우세요. 그럼 덜 지루하게 다닐 수 있을

soon as I landed at Ngurah Rai Airport, the Indone-
sian I thought I had forgotten began bursting
through the seams of my memory. Flushed from
cover, the faltering words turned into sentences
overnight. How much more of the language would
have instilled itself in me if I'd returned here like
Miyako?

But I didn't, even after the return to normalcy. That's
what a seven-hour gabfest with a man on an air-
plane can do. I was speaking my mother tongue,
which in Indonesia I'd used mostly when calling
home from a pay phone, feeling guilty as I watched
the toll charges mount on the display. Speaking
Korean after so long, I felt like a wilting flower
suddenly infused with water. When I found he was
five years younger, the last of my reserve melted
away—he could have been my kid brother. For
seven hours I talked about the beautiful lizards, the
thumb-size cockroaches, and the enchanting eyes
of the tropical maidens. He recalled his life as a
young immigrant in Germany. "I thought we'd be
living in a nice town, but the van kept going deep-
er and deeper into the mountains. Do you remem-
ber a folksong called 'Lorelei Hill'? That's where we

거예요." 어리둥절하던 표정 위로 미소가 번졌다. 물 위에 작게 번지는 파문처럼 순한 웃음이었다. 도착할 즈음, 그는 앞좌석 등받이에 고개를 묻고 곰곰이 생각에 잠겼다. 공항에선 그의 짐과 내 짐이 나란히 컨베이어 벨트에 실려 나왔다. 그가 자기 가방을 올린 카트에 내 것을 실으며 말했다. "같이 나가죠. 아무리 생각해봐도 여동생이 뜨개질하는 걸 본 적이 없어서요." 순하던 얼굴에 얼핏 떠오른 단호함이 마음에 들었다. 그에게 뜨개질을 가르쳐주는 대신, 나는 출장 간 그가 돌아오기를 기다리며 이따금 뜨개바늘을 집어드는 여자가 되었다.

'아시아, 그녀들은 썼다' 세션의 첫 질문은 '아시아의 여성 작가는 무엇에 책임을 느끼는가?'이다. 천장엔 실링 팬이 탈탈탈 돌아가고 있다. 말레이시아계 화교인 캐슬린이 먼저 대답한다. 캐슬린은 가족애가 깊은 대가족 집안에서 자랐다. 캐슬린을 유난히 예뻐하던 할머니와 할아버지는 어디를 가든 그녀를 데리고 다녔다. 그때 보고 들은 이야기가 어느 날 기억 속에서 뛰쳐나오기 시작했다고, 캐슬린은 말한다. 작은 새처럼 경쾌한

settled—my parents ran a restaurant there. After the government lifted overseas travel restrictions, we had the occasional Korean tourists, and my parents could scarcely leave them alone." He told me he'd just finished a training program at the European headquarters of his company and was on his way back to Korea, to work at the branch office in Seoul. He was sure he would make frequent visits to his family in Germany, but the long plane ride seemed to faze him. "Don't you have a sister?" I asked. "Yes, a younger sister, and...?" "Have her teach you knitting, then you won't get bored." At first he was puzzled, and then an innocent smile slowly rippled across his face. As we approached Incheon Airport, he rested his forehead against the seat back in front of him, lost in thought. Our bags happened to appear next to each other on the conveyor belt. He added my bag to his on a cart, saying, "Let's go. You know, I've been thinking, and I don't believe I've ever seen my sister knitting." I liked the flash of determination that had come to his gentle face. But it was I who ended up the knitter, often taking up my knitting needles while awaiting his return from a business trip.

캐슬린의 수다는 청중 사이로 비눗방울처럼 가볍게 떠다닌다. 읽은 적은 없지만, 캐슬린의 소설은 이런 전언을 담고 있을 것만 같다. 헤이, 인생은 짧아. 우리를 태운 이 열차는 고속으로 달린단 말야. 중간에 내릴 수도 없어. 그러니 달콤한 열매가 달린 나무가 보이거든 얼른 손을 뻗어 열매를 따. 이봐, 망설이는 사이에 열차는 지나가버린다니까! 손질을 마친 지 한 시간도 채 되지 않았을 듯 깔끔하게 다듬어진 짧은 파마머리에 손가락마저 재재거리는 듯한 손놀림. 세상에 걱정할 게 뭐 있냐는 듯 재잘거리면서도 청중의 반응을 예민하게 감지하고 말의 강약을 조절하는 그녀의 소설이 대중적인 인기를 얻는 것도 무리가 아니다. 캐슬린의 소설은 대개 해피엔드로 끝날 것이라고, 어렵지 않게 짐작할 수 있다. 행복한 유년시절을 촬영하는 세트장처럼 완벽한 캐슬린의 유년이 내게는 어쩐지 미심쩍다. 우리 애가 지선이 반만 닮았으면 좋겠어요. 사람들이 엄마에게 그런 말을 할 때, 그냥 수줍어서 몸을 비틀던 나. 그런 내가 언제부턴가, 속으로 사악한 미소를 지으며 혀를 낼름 내미는 걸 사람들은 알지 못했다. 날 닮았으면 좋겠다구요? 내가 어떤 아이인지 알면 그런 말 못할 걸요? 청

The first question for the Writing Women in Asia writers is, "As Asian women writers what responsibilities do you feel?" The ceiling fan spins and rattles. Catherine, an ethnic Chinese from Malaysia, is the first to answer, her pleasant chirping tone floating like froth through the audience. She's from an extended, loving family, and her doting grandparents took her everywhere they went. One day, all the sights and sounds from those outings broke free from her memories, and she started writing about them. I haven't read any of her stuff, but I get a strong feel for what she wants to say: *Hey, life is short. We're on a fast train, and we can't get off. So if you see something sweet, grab it, enjoy it. Don't miss the ride!* Her fingers keep time with her chatter, playing about her short, spiffy permed hair, which she must have had done barely an hour ago. Even while she blabbers nonstop in a worry-free manner, she's gauging the audience and adjusting her tone accordingly. No wonder she's so popular. No doubt her stories have happy endings. Her girlhood sounds like a picture-perfect childhood in a film. Whenever my mother's friends got to gushing about me—"Oh, I wish my girl was half as good as Chi-sŏn"—I'd squirm in embarrassment. But before

41

중의 박수에 화답하듯 미소짓는 캐슬린, 한쪽 입꼬리가 조금 비틀린 미소다. 완벽한 유년의 그늘에서 캐슬린이 혼자 지었을 표정이 얼핏 스치는 것 같다.

"내가 시인이 된 건 일종의 사고였어요. 시인이 될 것이라고는 생각도 안 했거든요. 어쨌거나 시인이 된 뒤, 나는 내 시로써 이슬람의 교조적인 관습과 맞설 수 있게 되었어요. 다행히, 나는 내가 하는 일을 이해하고 나를 도와주는 남편을 만났어요. 그러나 이 사회에서 대부분의 여성들은 아직도 남편의 조력자일 뿐이지요. 그들은 남편의 뒷바라지를 하면서 자기 생을 소모해요."

인도네시아 시인 이다가 입을 열자, 캐슬린이 동동 띄워놓은 비눗방울은 슬그머니 내려앉는다. 이다의 목소리는 나지막하면서도 단단하다. 가무잡잡한 살갗에 잘 어울리는 단단함이다. 종교와 국가가 결합한 거대한 권력에 맞서느라 외모 같은 건 신경 쓸 여력이 없다는 식의 진지함. 이다의 검고 숱 많은 머리는 푸석하지만, 옹이가 많이 진 나무의 단단함이 느껴진다. 태풍이 불어와도 쓰나미가 몰려와도, 그 바람과 물결에 맞서 끝끝내 싸우리니. 이다 같은 사람은 제 상처에 걸려 넘어지지는 않을 것이다. 아니, 그 상처를 무기 삼아 세상과 맞

I knew it, I'd developed a wicked smile, which I employed behind their backs, sticking out my tongue for good measure as I thought, *You've got to be kidding—you wouldn't say that if you knew what I was like inside*. The audience is applauding. Catherine responds with a faint smirk in which I glimpse an expression she must have contrived within the dark shadow of her "perfect" childhood.

"I'm kind of an accidental poet," says Ida, the second writer, who is Indonesian. "I never thought of writing poetry. But it was through my poems that I could stand up to the Islamic faith. Luckily, the man I married understands what I'm doing and helps me. But for the majority of women in this society, it's the other way around—women are helpmates for their husbands, they live out their lives supporting them."

As Ida speaks, the froth from Catherine's presentation dies out. Her voice is subdued but firm, complementing her dusky skin. Confronting the monstrous authority of a government in which church and state are united is too serious a matter for her to be wasting energy on her looks. Within her thick, dark, swept-back hair I sense a solid, knotty soul. She'll fight the typhoons and tsunamis

설지도 모른다. 남편의 지지가 자기에게 큰 힘이 되었다고 말하는 이다, 남편과 등지게 된다면? 이다가 그때도 지금처럼 의연할 수 있을까, 문득 궁금해진다.

세 번째는 필리핀 작가 로사리오다. 적당히 윤이 나는, 그러나 공들여 만지지는 않은 것 같은 단발머리. 여럿이 찍은 사진 속에선 한참 찾아야 할 것처럼 특징 없는 얼굴. 캐슬린과 이다가 각각 시소의 양끝에 서 있다면, 로사리오는 그 중간의 무게중심쯤에 있다.

"어릴 적, 내가 살던 마을에서 살인사건이 났어요. 사람들은 모두 알고 있었지요. 마을에서 가장 세력이 있는 사람이 남을 시켜서 살해한 것이라는 사실을요. 살해당한 사람은 빈민촌에서 살던 나 같은 아이들을 따뜻하게 대해주던 사람이었어요. 그 사람 역시 가난했지만, 아이들이 엄마에게 야단맞고 길에 나와 울고 있으면 가만히 어깨를 다독여주곤 했지요. 그런 사람이 죄없이 죽었는데도 세상은 멀쩡했어요. 그 부자는 마을에 행사가 있을 때면 여전히 관공서의 기관장들과 나란히 앞자리에 앉고요. 그걸 보면서 나는 속으로 말했어요. 살인자! 사람들이 불의를 그렇게 쉽게 받아들이고 잊는다는 게 이해되지 않았어요. 나라도 그 사람을 잊지 않

to the end; she won't give in to the gusts and the waves. She'll stumble but she won't fall, and any injury sustained from those slips she'll use to armor herself against a world of social inequity. But what if her husband, the rock of her existence, turns his back on her? Will she be as dauntless as she sounds now?

The third to speak is Rosario, a Filipina. Her bobbed hair with its natural sheen looks easy to care for, and her face is so plain she wouldn't stick out in a group photo. If there were a seesaw with the other two at each end, Rosario would be the pivot.

"When I was a girl, there was a killing in our village. We all knew who was responsible—the most powerful man in the village had hired the killers. The victim was a man who was good-hearted toward kids like me who lived in the slum. Like us he was poor. So if he saw kids crying outside from a scolding by their mom, he'd give them a gentle pat on the shoulder. Think about it—a man is killed for no good reason and the world doesn't bat an eye. And this rich man continued to show up at all the government functions, seated out in front next to the dignitaries. The sight of him there made me

아야겠다고 생각했지요."

　물처럼 무심하던 로사리오의 표정은 말하는 동안 단단한 얼음이 되더니, 말을 마치고 나자 어느새 다시 고요한 물로 돌아간다. 그 고요함은 그러나, 어쩐지 치명적인 무엇을 거친 뒤에 나온 듯하다. 다음 질문을 받은 캐슬린이 다시 재재거리며 실내를 휘젓기 시작한다. 페스티벌에 참가한 작가들의 책을 파는 곳에서 로사리오가 쓴 책을 찾아보리라 마음먹는다.

　어둑한 실내에서 밖으로 나오니 눈이 시리다. 볕이, 무엇이든 닿는 것마다 그 숨구멍에서 물기를 증산시키고, 그렇게 바싹 마르게 해서 잔 바람결에도 바스라지게 만들 것 같은 볕이 삼엄하다. 길 쪽을 돌아보면 눈이 멀 듯 빛이 환한데 카페 안의 그늘은 또 그만큼 짙다. 고개만 돌리면 환한 햇살인데, 그 한 발짝을 내딛지 못해 그늘에 갇혀 있어야 하는 날들이 있다.

　그날, 나는 꽃샘추위에 스카프를 여미며 사촌동생의 결혼식장에 갔다. 더도 말고 덜도 말고 지선이 네 신랑만한 사람을 만나게 해달라고 기도했단다. 결혼 사실을 알리며 숙모가 귀띔했지만, 정작 기준이 되었던 내 남

want to scream, 'You murderer!' Why did everyone casually accept something so unjust? I couldn't understand it, and I told myself that I for one must never forget that good man."

Rosario's calm face has hardened like a block of ice, but when she finishes, it turns back to a quiet flow of water. Her tranquility seems born of a life-changing experience. Catherine fields the next question and again the space is astir with her chatter. I'll have to check out Rosario's books at the author bookstand.

I emerge from the dim interior into painful brightness. The sun's rays are menacing, they're sucking moisture from every living pore, rendering everything they touch desiccated enough to crumble in the faintest breath of air. In contrast with the blinding brightness of the street, the shade inside the café next door is all the deeper. In one direction bright sunlight, but less than a step away I'm back inside a prison of deep shadow.

That day, when the sharp spring breeze blew jealous of the flower buds opening, I wrapped myself in my scarf and went to my cousin Yeo-gyeong's wedding. "You know," my auntie used to whisper

편은 유럽 출장 중이라서 참석할 수 없었다.

　내가 결혼한다는 소식을 전했을 때, 진은 이기죽댔다. "연하라니, 난 당신이 그렇게 능력 있는 줄 몰랐네. 당신이 직장 그만둔다고 했을 때 말야, 난 내가 남도록 떠나준 거라고 감격했는데 이제 보니 나름대로 속셈이 있었구만." 옆에서 다른 후배가 타박했다. "선배, 이제 강 선뱀 유부녀야. 남의 여자 보고 당신이라니. 그러다 칼 맞는다?" 그러던 후배들이 언제부턴가, 일 년에 한두 번 모일 때면 나를 구박하기 시작했다. "선배, 연하라 귀엽게 보이는 건 이해하겠는데, 결혼한 지 몇 년 지나고도 남편 보면 설렌다는 닭살 모드는 선배가 처음이야." 설렌다는 말은 짐짓 한 과장이었지만, 남편 복 있다는 주위의 중론에는 나도 수긍할 수밖에 없었다.

　남편은 굴절된 데가 없는 사람이었다. 남편이 나와 친정식구들에게 잘하니 나 또한 그런 사람을 낳고 키워준 시부모에게 잘하고 싶은 마음이 일었다. 시부모가 멀리 떨어져 있어서 신경 쓸 일도 없었다. 나이 차 적지 않은 연상이라는 게 시부모 마음에 들진 않았겠지만, 불만이 내 귀에 들어온 적은 없었다. 아이가 안 생기는 것에도, 정 안 되면 유럽식으로 하자, 이쪽 사람들 입양해서 키

to me, "I used to hope and pray for a son-in-law who could measure up to your good husband." But since my epitome of a husband was in Europe on business, I went to the ceremony by myself.

When I broke the news about my own marriage, Jin tried to give me a hard time. "Hell's bells, a young stud—you got some talent, babe. When you said you were leaving, I was so impressed—I thought you were taking a bullet for me—but now I see you had something up your sleeve." That brought a rebuke from one of the kids: "You're looking for trouble if you call her babe—this lady's taken." I continued to see them, once or twice a year, and they took to ganging up on me in a good-natured way: "We know you've got a cute young guy for a husband, but stop saying your heart gets to pumping at the sight of him—you're not a newlywed anymore." They were exaggerating about the heart pumping, but the consensus was, I was lucky to have him, and I had to agree.

There was nothing askew with his personality. He treated me and my family well, and I wanted to reciprocate to my in-laws for bringing him up as they had. They lived far off, and I didn't have to worry about frequent contact. They must have wished I

우는 거 보니 그럴 수도 있겠더라, 며 감싸준 시부모였
다. 남편 복, 에 대해 말할 때면 나는 겸손한 표정을 지
을 수밖에 없었다.

식을 마치고 하객들이 웅성거리며 일어나 피로연장
으로 갈 때였다. 몸을 일으키다가 숙부 옆에 있는 사람
을 본 순간, 머릿속에 찌릿, 전류가 흘렀다. 누군가가 내
머리 뚜껑을 열고 잘게 부순 얼음조각을 쏟아붓는 것
같았다. 갓 잡혀 파닥파닥 뛰다가 얼음더미에 묻혀 기
절하는 물고기처럼 나는 얼어붙었다. 나는 그 얼굴을
한눈에 알아보았다. 옆으로 빠져나가던 사람들이 내게
걸려서 멈칫거렸다. 그 순간, 숙부와 그 얼굴이 내 쪽을
향했다. 숙부가 나를 불렀다. "지선아, 너 여경이 외삼촌
알지? 너 어릴 때 고시 공부하느라 우리 집에 와 있던."
마음은 펄쩍 뛰어 달아나는데, 몸은 주춤주춤 숙부 앞
으로 가 고개까지 숙이고 있었다. 그는 중동에 가 있는
데 휴가라 잠시 들어와 있다고 했다. "그래, 연하 신랑
만나서 잘살고 있다는 이야긴 내 들었어. 그래서 그런
가, 여경이랑 친구라고 해도 믿겠구면." 그렇게 말하는
그야말로, 이십 몇 년 전의 모습 그대로인 듯했다. 그 나
이면 검버섯도 생길 만한데, 대패로 막 깎은 나무토막

was younger, but they kept that thought to themselves. And they smoothed over my inability to get pregnant by suggesting we adopt, like the Europeans do. I felt compelled to put on a humble face whenever I heard it mentioned that I was blessed with my husband.

The wedding ceremony came to an end, and with a great to-do the guests embarked for the reception. As I rose I saw my uncle, but it was the sight of the man next to him that sent a jolt of electricity through me. My head felt like a container of crushed ice. I was frozen in place, like a thrashing fish deposited in an ice chest. That face. I realized I was blocking the other guests. My uncle and the man noticed me. Uncle beckoned and said, "Jiseon, you remember Yeo-gyeong's uncle, don't you? He stayed with us when you were little and he was studying for the foreign service exam." In my mind I was bounding away, and yet my feet inched toward theirs. I heard my uncle explain that the man had been posted somewhere in the Middle East, and was home on a brief furlough. And then the man spoke: "Yeah, I heard you got married to a youngster and everything's swell. If I didn't know better I'd figure you for Yeo-gyeong's friend,

처럼 매끈한 얼굴엔 여유롭게 사는 사람의 윤기가 잘잘 흘렀다. 그 뽀얀 얼굴이, 잘못 간수한 굴비 봉지를 열었다가 본 구더기떼를 생각나게 했다. 생선살을 파먹으며 뽀얗게 살 오른 구더기들. 나는 그 자리를 벗어나자마자 화장실로 뛰었다. 욱욱, 멀건 신물을 토해내는 동안 내 머릿속에는 단 한 가지 생각밖에 없었다. 대체 내가 왜 도망친 거지? 내가 뭘 잘못했다고?

집에 도착하자마자 샤워기의 물을 뜨겁게 틀어놓고 때밀이 타월로 벅벅 문질렀다. 숨구멍마다에서 구더기가 기어나오는 것처럼 살갗이 가려워 견딜 수 없었다. 문득 정신을 차리고 보니, 팬티도 벗지 않은 채였다. 젖어버린 팬티를 말아 내리다가 하필 흉터가 있는 정강이에서 걸려버렸다. 나는 바닥에 주저앉았다.

처음 밤을 보낸 날, 정사의 여운을 즐기며 내 몸을 어루만지던 남편의 손가락이 그 흉터를 감지했다. "어쩌다가 생긴 흉터예요?" 그때까지도 그는 내게 존댓말을 썼다. "어릴 적, 자전거 타다가 넘어져서⋯⋯" 나는 얼버무렸다. 하지만, 얼어붙은 쇠붙이를 물기 있는 맨손으로 잡은 것처럼, 내 마음은 흉터에 쩍 달라붙었다. 중학교 때 가정시간, 처녀막은 격한 운동으로도 파열될

you look so girly." This coming from a man who looked pretty much the same as he had 20-odd years ago. He should have sprouted liver spots by now, but his sculpted face was dripping with a glossy coat of wherewithal. Its milky skin reminded me of a dried fish I was about to cook until I saw the maggots feasting inside it. As soon as I managed to free myself I ran to the women's room and threw up. As the clear liquid came out, I couldn't help asking myself: What the hell did I do wrong that I had to run off like that?

Back home, I turned on the shower as hot as I could stand it and scrubbed myself all over. I felt itchy and imagined those maggots squirming out of my pores. Recovering from this delusion I realized I still had my panties on. I pulled the sodden things down, and wouldn't you know it, they caught on the scar on my calf. The next thing I knew, I'd plopped down onto the shower floor.

In the afterplay of our honeymoon night my husband's stroking fingertips came across that scar. "Where did this come from, if you don't mind my asking." Even then, still so polite. "I fell off my bike," I murmured, my thoughts glued to the scar like a wet hand grabbing onto frozen metal by mistake.

수 있다는 얘기를 들은 뒤 나는 자전거 타기를 배웠다. 되도록 험한 길을 골라 있는 대로 속력을 내어 달리면서, 어린 날의 여름방학, 도시에 사는 숙모 집에 간 아이, 비밀에 눌린 채 옷에 묻은 피를 혼자 비벼 빨던 아이를 지우고 자전거를 타다가 피를 흘리게 된 아이를 머릿속에 심으려 애썼다. 그러나 그 끈적이던 여름날은, 문을 열어줘도 자꾸 새장 구석으로 처박히는 작은 새처럼 마음에서 떠나지 않았다. 미친 듯이 페달을 밟다가 가로수를 받고 길가로 퉁겨났다. 돌에 쭉 찢긴 정강이의 상처는 끝내 흉터로 남았다.

출장에서 돌아온 남편이 나를 안았을 때, 내 몸은 열리지 않았다. 남편의 손길이 닿으면 잇몸까지 드러내며 환히 웃는 아이처럼 반응하던 그곳은 내 의지와 무관하게 꽉 다물려 있었다. "나도 피곤해서 그런가봐. 잘 안 되네." 사려 깊은 남편은 그렇게 넘겼다. 그다음 번에도 마찬가지였다. 내 의지를 배반하는 몸에 스스로 놀란 나머지, 남편이 손을 뻗쳐오면 지레 긴장했다. "그러니까 꼭 처음 하는 여자 같아." 새롭게 자극을 받은 듯하던 남편은 어느 날 "나한테 뭐 화났어? 대체 왜 그래?" 하고 물었다. 좀 더 긴 간격을 두고 전보다 현저히 떨어진 열

When I learned in home-ec class in middle school that vigorous exercise can rupture the hymen, I knew I had to take up bicycling. Choosing the roughest pass to climb and pumping the pedals as hard as I could, I tried to erase from my memory the girl who had visited her aunt in the city during summer break, who oppressed by the secret she bore, rubbed and rinsed the blood from her panties; I wanted to replace her with the girl injured and bleeding from her bicycle ride. How I tried to open the door of my memory and let that summer afternoon fly away, but like a little birdie it insisted on remaining in the corner of the cage that was my mind. And then one day, as I madly worked the pedals, I hit a tree and over the handlebars I flew. A jagged rock left a gash in my calf, and that gash became a scar.

My husband returned from his business trip but when he took me in his arms, I couldn't open up to him. His touch would usually get my nether parts to spread like a girl smiling ear to ear, but that night they refused my bidding and shut themselves up. "I must be tired too. I can't get it up." He knew what was happening, but that's how considerate he was. The next time was the same. I was shocked—

의로 다시 시도했던 날엔 드디어 말했다. "병원에라도 가봐야 하는 거 아냐?" 다음날, 나는 남편의 회사 근처로 갔다. 그 이야기를 집에서 털어놓으면, 집안이 온통 화산재 같은 불결함으로 뒤덮일까봐. 나는 단숨에 털어놓았다. 다 잊었다고, 당신을 만나 극복했다고 믿었는데, 구더기처럼 말간 그 얼굴을 본 순간, 아무에게도 말하지 못하는 비밀에 짓눌린 열두 살짜리로 돌아갔다고. 그러니 당신, 기다려달라고.

중국인으로 보이는 한 무리의 사람들이 왁자하게 몰려와 레스토랑 안뜰로 내려선다. 얼핏 보기에도 스무 명은 되어 보인다. 그들은 주변의 시선에 아랑곳없이 이방의 즐거움에 흠뻑 젖어 있다. 연못에 핀 연꽃을 각자 카메라에 담고, 신상을 모셔둔 벽면 앞에서 기념사진을 찍는다. 단체사진의 정석대로 뻣뻣이 서서 찍더니, 사진 찍는 사람의 지시에 따라 자유로운 포즈를 취한다. 한 팔을 들고 한 다리를 뻗치는가 하면, 익살스러운 표정을 짓기도 한다. 왁자하게 웃어가며 사진을 찍은 그들은 한 남자를 헹가래친다. 그냥 단체 관광객이 아니라 일가친척, 대가족인 듯한 친밀감이 그들을 감싸

how could my body betray me like this. What was worse, when he reached out for me I was already tensed up. "Wow, just like a virgin," he said, but the excitement of that prospect soon wore off, and one night he said, "You must be mad at me, what's wrong?" We took another break, longer than the previous one. But when we tried once more and I responded with less interest than ever, he finally suggested I see a doctor. But instead, the next day I met him near where he worked. I was afraid our domestic life would be contaminated with volcanic ash if I broke the news at home. I told him, practically in a breath—I thought I'd forgotten it, I thought I'd finally overcome my past when I met him, but the moment I saw that milky, maggoty face at the wedding I reverted to the 12-year-old girl oppressed by a secret she could tell no one, and I begged my dear husband to wait until I was ready again.

A mob, maybe two dozen people, have just made a boisterous arrival at the restaurant where I've arranged to interview Alice. Heedless of those around them, they're caught up in the pleasures of sightseeing abroad. Each and every one captures

고 있다. 앨리스도 나도 말을 멈춘 채 그들이 일으킨 즐거운 소란을 바라본다.

"중국인들인가보죠?"

"대만에서 온 사람들 같네요. 요즘은 대만인들이 많이 오거든요."

앨리스는 다시 그쪽으로 눈길을 돌리며 말한다.

"생각해보세요. 그 비극에서 죽은 사람들도 저렇게 즐거운 한때를 보내고 있었어요. 사랑하는 사람을 다시 못 보게 되리라고는 짐작도 못했겠죠."

몇 해 전, 해변의 클럽에서 있었던 연쇄 폭탄 테러를 앨리스는 테러라든가 폭발사건이라고 말하지 않고 비극, 이라고 했다. 즐거움을 텀벙텀벙 퉁기는 관광객에게 눈길을 주었지만, 앨리스의 심상에 맺히는 건 '그 비극'이다.

로사리오의 책을 찾다가 앨리스의 책을 집어든 건 우연이었다. 얼핏 보기엔 발리 섬의 전통 요리책처럼 보였다. 앨리스는 이곳에서 식당을 경영하며 관광객에게 발리 전통요리를 가르치는 쿠킹 스쿨을 열고 있었다. 오래전, 어학원 아이들과 어울려 다니면서 즐겨 먹던, 코코넛과 향신료를 많이 쓴 그 음식들. 요즘은 동남아

the lily blossoms in the pond, and then the cameras are used for group photos at the statue of Gamesh near the wall. The standard group shot comes first, the subjects stiff and serious, and then they're told to strike a whatever-you-want pose for the follow-up, and no sooner has an arm gone up and a leg stuck out than everyone makes a face. With clamorous laughter they grab one of their number and playfully toss him aloft. One big happy family.

Alice and I observe the joyful ruckus.

"Chinese?"

"I'm guessing Taiwanese. You see a lot of them here lately." Returning her gaze to the tourists, Alice says, "Think about it. The people killed in the tragedy were having fun just like they are. They never would have imagined not seeing their loved ones again."

The tragedy—that's how Alice refers to the terrorist bombing of the seaside nightclub a few years back. She's gazing at the tourists, who are practically jumping for joy, but her heart is fixated on "the tragedy."

I was looking for Rosario's book when I came across Alice's. It looked to be a guide to cooking

요리 재료를 인터넷으로 판다니 언제 한번 시도해보리라 하고 집어들었는데, 조리법보다는 앞쪽에 긴 서문처럼 실린 앨리스의 삶에 더 빨려들었다.

호주 태생인 앨리스는 이십대의 어느 날, 친구와 함께 발리에 놀러왔다. 그들은 레스토랑에서 두 명의 발리 남자와 합석하게 되었다. 그중 한 사람이 낀, 유백색 돌이 박힌 반지가 앨리스의 눈길을 끌었다. 학교에서 보석 세공을 배운 적이 있는 앨리스는 손을 뻗치며 말했다. "반지 좀 보여줄래요?" 뻐드렁니를 환히 드러내는 웃음이 선량해 보이던 남자는 반지를 빼주면서 말했다. "조심해요. 이 반지는 그냥 반지가 아니라 주술이 담긴 반지예요. 이 반지를 끼는 여자는 날 사랑하게 된답니다." 빤한 작업 멘트라서, 앨리스는 코웃음쳤다. 남자의 친구는 '난 이 이야길 백번도 더 들었다네' 하는 표정을 짓고 있었다. 남자의 어머니가 물려주었다는 그 반지에 정말 주술이 담긴 것일까. 오 년 뒤, 그들은 결혼했다.

"나의 남편은 발리가 어느 한 나라의 섬이 아니라 세계에 속한 섬이라고 믿고 있었어요. 그만큼 열려 있는 곳이었지요. 그런데 그런 일이 벌어진 거예요. 그 비극이 있은 뒤로 내 아이들은 학교에 가는 것도 겁냈어요.

traditional Bali cuisine. Later when I read through it I learned that Alice offered cooking classes for tourists. I recalled the meals I'd had with my classmates when I was studying Indonesian, the dishes bedecked with coconut and spices. I picked up the book thinking I might try out one of the dishes someday—I could order the ingredients online—but I found it read more like a preface to her life story than a book of recipes. And that story intrigued me.

Australian-born Alice was in her twenties when she first arrived in Bali, accompanied by a friend. In a restaurant they ended up sharing a table with two Bali men. Alice had once taken a jewelry class and her eyes were drawn to the ring with the milky stone that one of them wore. "May I see your ring?" And she reached out for it. With an innocent smile that revealed buck teeth the man obliged, saying, "You should be careful. This is no ordinary ring. The woman who wears it is destined to fall in love with me." Alice snorted—it was quite the pickup line. The man's friend wore an expression that said, *I've heard that one a hundred times*. It turned out the ring had been inherited from the man's mother, and perhaps it really was magical, because five

우붓 어디에선가도 폭탄이 터질지 모른다고요. 우리 막내는 그때 겨우 유치원생이었어요."

앨리스의 눈에서 빛나는 건 분노인가 슬픔인가. 나는 길 쪽으로 시선을 돌린다. 마음이나 몸 깊은 곳에서 부글부글 끓는 용암. 차마 터져나오지 못해 차갑게 굳어버린 그것. 집안 모임에서 외교관으로 세계 각지를 주유하는 그의 이야기를 듣게 되면, 내 안에 오그렸던 작은 새는 온몸에 불이 붙어 파닥였다. 그 외교관이 어느 오지에서 오염된 물을 마시길, 그리하여 몸 안에서 벌레가 생겨 살갗을 뚫고 나오는 병에 걸리기를 은밀히 빌었다. 제아무리 형편이 어려운 나라에서 살더라도 외교관은 오염된 물 따위를 먹을 리 없다는 걸 알게 된 뒤로는, 독직사건을 벌여 숙모네 일가친척이 입에 올리기에도 부끄러운 사람이 되기를 바랐다. 아무 일도 벌어지지 않은 채 세월이 흘렀다. 시험의 압박에 짓눌린 젊은 남자를 생각하면 잠깐 이해할 수 있을 것 같기도 했다. 그렇게 마주치기 전까지는.

"아이들은 한동안 밤잠을 설쳤어요. 유령이 보인다고도 했지요. 아이들은 또 알고 있었지요. 관광객이 확 줄어들었다는 것, 그건 이곳 사람들의 삶이 더 어려워지

years later he and Alice were married.

"My husband believes that Bali belongs not to one country but to the world, it's so open. But then we had the tragedy. Afterwards our kids were too scared to go anywhere, even school. They were afraid someone would set off a bomb in Ubud. Our youngest was barely in kindergarten then."

I wonder if what I see in her eyes is rage or sorrow. I look out toward the street. The lava bubbling deep inside me, how can it possibly find release? Instead it's hardened. Whenever news of him came up at home—the foreign-service officer jet-setting around the world—the little birdie cringing inside me caught fire and its wings flapped desperately. At first I prayed he would get sick from the water in some remote land, his guts infested with worms that would poke out through his skin. But when I realized foreign-service officers would never drink polluted water, even in a poverty-stricken country, I came up with a new hope—he would get caught in a bribery scandal and our family would shun him out of shame. But time passed and nothing untoward happened to him. There had also been times when I thought of him as a young man pressured by the foreign service exam, and

는 것을 뜻한다는 것도요."

페스티벌은 그 비극 이듬해에 시작되었다. 인터뷰 요
청을 받아들이며 앨리스는 토를 달았었다. 자기 이야기
보다는 페스티벌에 초점을 맞춰달라고. 그럼 당신들은
그 슬픔을 위로하기 위해 축제를 조직했나요? 아니면
관광객을 유치하기 위해? 머릿속에서 말을 고르는데,
앨리스가 활짝 웃으며 몸을 일으킨다. 탁자 사이로 지
나가던 여자가 앨리스의 웃음에 답하고 있다.

"아시? 어떻게 지냈어요? 아이들은 잘 커요?"

"그럼요. 큰애가 가끔 앨리스 이야길 해요. 오랜만이
네요. 언제 한번 찾아가야지, 하면서도……"

아시라는 여자는 이름만큼이나 아삭아삭 소리가 날
듯한 인상이다. 이곳 여인들치고는 작고 쌍꺼풀도 엷은
편인 눈이 오히려 섬세해 보인다.

"바쁠 텐데요, 뭘. 여긴 웬일이에요?"

"일 때문에 약속이 있어서요. 언제 아이 데리고 놀러
갈게요. 얼마나 컸는지, 보면 놀랄 거예요."

앨리스는 안쪽의 다른 탁자로 향하는 아시의 등판을
눈으로 바랜다. 슬픈 기억으로 딱딱해졌던 앨리스의 눈
빛이 어느새 잘 익은 과육처럼 말랑말랑하다.

for a brief moment I felt I could understand. But that was only until I saw him face to face at the wedding.

"The children had trouble sleeping, they said they saw ghosts at night. And they could tell the tourist trade had dropped way off, which meant life here would get harder."

The writers festival began the year after the tragedy. And when Alice agreed to the interview she asked that I focus on the festival rather than her. Already the questions are whizzing through my head—should I ask her if they organized the festival as a form of healing, or was it to bring the tourists back? As I try to decide, Alice rises, a smile brightening her face. A woman passing between the tables smiles back.

"Ashi, how have you been? How are the kids?"

"They're fine. The older one sometimes asks about you. I keep telling myself I should look you up, it's been so long..."

Her manner, like her name, gives an impression of crispness. Her eyes are smaller than those of other women here, the double fold less pronounced, but with Ashi the effect is one of delicacy.

"It's all right, I know you're busy. So what brings

"그 비극 때, 폭탄이 터졌던 클럽에서 가장 먼저 시체로 발견된 바텐더의 아내예요. 그때 아시는 스물세 살이었어요. 세 살짜리와 오 개월 된 아이가 있었어요. 비극이 벌어지자마자 우리는 자원봉사대를 조직해서 병원 일을 거들고 음식을 장만했지요. 넋이 빠진 아시에게 뭘 도와줄까, 하고 물었더니 그러더군요. 유치원 보조교사로 일하고 있는데, 대학에서 이 년 동안 교육받으면 정식 교사로 일할 수 있을 거라고. 그러면 아이들을 자기 혼자 힘으로 키울 수 있다고요. 남편이 돈을 더 벌면 그렇게 해주마고 약속했었대요. 아시는 일 년 반만에 그 과정을 마치고 정식 교사가 되었어요. 한동안 보지 못했는데 이렇게 만났네요."

아시 이야기를 하면서 앨리스의 얼굴은 환해진다. 비극에 대해 말하는 동안 가라앉았던 목소리에 새삼스러운 활기가 어린다. 홀로서기에 성공한 아시에 대해서라면 몇 시간이고 말할 수 있다는 듯이.

남편은 역시 칭찬받아 마땅한 남자였다. 그는 작은 새처럼 웅크린 나를 억지로 끄집어내려 하지 않았다. 어쩌면 청소년기를 외국에서 보내서 좀 더 관대할 수 있

66

you here?"

"I'm meeting someone—it's work-related. I'll come see you sometime, along with the kids. You won't believe how they've grown."

Alice's eyes follow Ashi to a table in the garden in back, and before I know it their memory-hardened glint becomes soft and mellow like ripe fruit.

"Her husband tended bar at the club that was bombed. His body was the first one they found. She was twenty-three, and a mother twice over—a three-year-old and a five-month baby. A bunch of us got together and volunteered at the hospitals and delivered meals. That's when I met her; she looked so lost. I asked if there was anything we could do, and she told us she was a kindergarten aide and she wanted to complete a two-year teacher certification program at the local college. That way she could support the two kids by herself. Her husband had promised to put her through, and we made good on his promise. She finished early, in a year and half. I haven't seen her for a good long time and here we are running into each other."

Alice's tone was subdued as she spoke of the tragedy, but the story of Ashi, successful and

었는지도 모른다. 흉터의 연원을 알게 된 그가 정강이를 쓰다듬을 때 그의 손가락에서 흘러나오던 연민이 어찌나 짙던지, 흉터가 울 수만 있다면 눈물을 철철 흘렸을 거라는 생각이 들었다. 성공한 외교관으로 승승장구하는 숙모의 동생 이야기를 남편도 친정식구들의 모임에서 들은 적이 있었다. "그때마다 자기, 힘들었겠다." 나는 말없이 고개를 끄덕였다. "외국에선 피해자가 성인이 된 날로부터 공소시효를 잡는대." 파렴치한 사람이 공직에서 판을 치는 나라에 대한 혐오를 남편은 감추려 하지 않았다. 지금이라도 그 인간을 법정에 세우고 싶다는 듯한 얼굴, 내 편인 그 얼굴이 새장 구석에 오그린 새의 깃을 쓰다듬었다.

그 여름, 집으로 돌아온 나는 학교에서나 집에서나 여전히 성실하고 의젓한 아이 노릇을 했다. 날갯죽지 찢긴 작은 새는 얌전히 깃을 접고 옹크렸다. 어른들의 눈도 보이는 것만 본다는, 그 너머에 있는, 가슴 옥죄는 것들을 보지는 못한다는 서늘한 깨달음. 나는 그 작은 새를 꽁꽁 숨겼다. 비 온 뒤 텃밭의 토란잎 위에 오롯한 물방울이 꼭 나처럼 느껴졌다. 팽팽한 표면장력으로 오롯한 물방울을 굴려 합치면서, 나는 누군가와 내 비밀을

standing on her own two feet, has brought cheer to her face and new life to her voice. I bet she could go on for hours about her.

My husband definitely rates a commendation. He didn't try to force cringing little birdie me to straighten up and fly right. He was probably more accepting for having spent his youth overseas. His fingers caressing the scar on my calf, once he learned the story of its origins, were so compassionate, it occurred to me that if that scar were a living thing it would surely weep in response. Once when we were visiting my family the subject of the young diplomat on the fast track to success—my aunt's younger brother—came up. Later my husband said, "It must be painful every time you hear about him." I nodded. "You know, there are countries where the statute of limitations doesn't start until the day the victim is legally an adult." He couldn't hide his disgust with a country in which individuals in public position could get away with the most hideous crimes. *Why not bring the bastard to justice right now?* his face told me, the face that soothed the cringing birdie in its cage.

That summer when I returned from my aunt and

공유하고 싶었다. 이 일은 너와 나만의 비밀이야. 다른 사람에게 말하면 큰일날 거야. 귓전에서 울리던 탁한 목소리를 물방울 속에 가둬서 굴려 떨어뜨리고 싶었다.

관솔처럼 홀로 단단해졌던 기억은, 그 기억에 동참한 남편의 체온으로 녹어 송진이 되었다. 녹아내린 송진이 끈끈했다. 그토록 여유롭던 그 남자의 표정이 머리에서 떠나지 않았다. 그는 나를 잊은 것일까. 내게 그토록 엄청난 일이었는데, 그에겐 아무것도 아니었을까. 그렇지 않고서야 어떻게 그렇게 태연자약할 수 있는 걸까. 어쩌면 여경이도? 검질기게 달라붙는 궁금증에 시달리면서 나는 무력해졌다. 온몸의 기운이 아래로 쑥 흘러내리는 기분이 들면, 손등에 가볍게 도드라졌던 혈관은 이미 다 살갗 아래로 숨어버린 뒤였다. 그럴 때면 어김없이 심장의 동계(動悸)를 느꼈다. 평소보다 두 배쯤 빠르게 뛰는 심장을 의식하면 숨이 가빠지면서 손끝 발끝이 다 저릿해졌다. 남편은 구급차를 불렀다. 응급실에서 온갖 검사를 했지만 이상이 없었다. 다음날 내과에서 다시 검사를 받아보았지만 결과는 깨끗했다. 뇌세포의 어느 한 구석, 모래알갱이처럼 박혀 있던 기억이 튀어나오며 내 몸을 교란하는 듯했다. 신경과에서 준 약

uncle's in the city, whether at home or at school I continued to behave like a little angel. The little birdie meekly pulled its broken wings together and curled up, chilled by the realization that the eyes of grown-ups could not see beyond the obvious, to the pain and hurt within. I had to keep that little birdie out of sight. When I saw a perfect raindrop resting on a leaf in our kitchen garden, I felt that drop was me. I wanted to combine one perfect raindrop with another, achieving completion through surface tension, and I longed to share my secret with someone. *Remember, what happened is a secret between you and me. Don't tell anyone, or else you'll be in big trouble.* I wanted to lock his turbid voice in a raindrop and send it bursting to the ground.

The hardened knots of my memory softened to resin in the warmth of my husband's body as he joined me in this journey into my past. As sticky as that resin was my memory of the diplomat's relaxed expression at the wedding. Was it possible he'd forgotten? Or that what was monstrous to me meant nothing to him? Otherwise, how could he have looked so calm and collected? Had he done Yeo-gyeong too? The more tenacious these won-

을 먹으면 낮술을 들이켠 것처럼 약기운에 취했다. 바싹 마른 입 안에선 약 때문일 광물질 냄새와 단내가 났다. 가슴의 두근거림은 시도 때도 없이 찾아들었다. 밤에 잠자리에 누웠다가, 마트에 장을 보러 갔다가, 그냥 집 안에 가만히 앉아 있다가. 그것은 나를 길들였다. 그것이 올 조짐이 보이면, 나는 약과 술 사이에서 갈등했다. 재빠른 속도로 술을 마시면, 술기운이 나를 점령하면, 그러면 그것을 의식하지 않아도 되었으니까.

두고 간 서류를 가지러 남편이 오후에 들렀던 날도 나는 술기운에 몽롱해져서 소파에 누워 있었다. "그냥 누워 있어, 바로 나갈 거야." 방에서 서류를 꺼내들고 나서던 남편이 되돌아와 소파에 앉았다. "그 자식을 본 게 당신에게 힘든 일이었다는 거 알아. 그렇지만 그건 그냥 지난 일이야. 그깟 일, 훌훌 털어버릴 때도 되었잖아." 적반하장이라는 말을 입에 올릴 만큼 얕은 사람은 아니었지만, 남편의 표정은 그 단어를 말보다 더 진하게 명시하고 있었다. 그깟 일이라니, 나를 견뎌내는 남편을 보며 가뜩이나 서먹하던 내 마음은 소리 없이 펄쩍 뛰어 남편으로부터 물러났다. 남편은 만회하려 했다. "나도 알아. 그게 어린애에게 얼마나 힘든 일이었을

derings, the more helpless I felt. By the time my energy drained, the blood vessels gently protruding from the backs of my hands would already have hunkered for cover beneath my skin. Invariably my heart quickened, but when I realized it was beating twice as fast as normal and I began gasping for air and my extremities went numb, my husband called an ambulance. In the emergency room I was put through a battery of tests, only to be discharged with a clean slate. The following day I went to see an internist, but he found no abnormalities either. Such was the derangement of my system by a single grain of memory, painful enough planted in my brain, but now wreaking havoc throughout the rest of me. The medication prescribed by the psychiatrist made me feel drunk day and night. My dry mouth smelled of mineral oil and tasted of sugar. The heart palpitations came on regardless of the hour—when I went shopping, when I was home alone and resting, at night in bed. In no time I was at their beck and call. The moment I felt them coming, the inevitable question arose—pills or booze? Because the sooner I drank myself into submission, the sooner I'd be insensible to the pulsations.

지." 다른 때라면 위로가 되었을 말이 왜 마음에 없는 말로 느껴진 걸까. 내가 아무 말 하지 않자 남편은 나를 다독이듯 말했다. "나도 알아…… 그때 누구에게든 말할 수 있었으면 좋았을걸……" 그 순간, 나는 새된 소리를 내질렀다. "안다구? 알긴 뭘 알아? 당신이 뭘 아냐구!" 내 목에서 그런 쇳소리가 날 수 있다는 걸 나는 처음 알았다. 남편은 어리둥절하다가, 더는 참을 수 없다는 듯 벌컥 화를 냈다. "내가 뭘 어쨌다고 그래? 해도 너무하는 거 아냐?" 그날 밤, 남편은 침실이 아니라 서재로 쓰는 작은 방으로 들어갔다. 남편이 들어간 방문 앞에서 오래 서성거렸지만, 나는 그 방문을 노크하거나 열지 못했다. 어쩌면 남편도, 내가 웅크린 방문 앞에 오래 서 있었는지도 모른다. 다른 사람이 나처럼 굴었다면 나도 말했을 것이다. 적반하장 아냐? 내 마음에조차 안 드는 나를, 남편이 견디지 못하는 건 당연했다.

자정의 공항은 뜻밖에 붐빈다. 내가 탈 비행기는 새벽 세 시에 출발한다. 체크인 카운터에서 짐을 부치고 보세구역으로 들어선다. 진에게 그리고 남편에게 무언가를 선물하고 싶은데, 면세점은 시장 안의 민예품점이나

So there I was in a tipsy dreamland, lying on the couch, the afternoon my husband dropped by to pick up some documents he'd forgotten. "Don't get up. I have to run." But when he was about to leave, he came to the sofa and sat. "Honey, I know it must have been painful to see that son of a bitch. But what's past is past. Isn't it time to move on from that stuff?" He wasn't telling me in so many words to grin and bear it—he wasn't as insensitive as that —but his expression clearly carried that message. *Stuff?* I already felt guilty because of his endless patience with me, but when I heard *stuff*, in my mind I recoiled from him. He tried to redeem himself: "Honey, I know how you feel. I can't imagine how hard it must have been for a girl." At other times I would have taken comfort—why now did the words feel so empty? When I didn't respond, he kept up his verbal pat on the back: "I know... I wish you'd had someone to talk to back then—" "You know!?" I heard myself shrieking. "What exactly do you know—tell me!" I hadn't known I was capable of screaming like that. At first he was taken aback, and then his patience evaporated. "What did I do to deserve this? Damn it, a man can only take so much!" That night, he disappeared into the

다를 바 없이 허술하다.

낮에, 선물을 사러 나가긴 했었다. 은으로 세공한 라이터를 고르는데 다시 그것이 왔다. 기운이 쑥 빠지면서 동계가 느껴졌다. 그대로 쓰러질 것만 같았다. 허둥지둥, 집어들었던 라이터를 놓고 거리로 나왔다. 길거리에 앉아 "택시? 택시!"를 외치던 운전수들도 하필 그거리엔 없었다. 마침 옆 가게에서 나온 여자가 오토바이의 시동을 걸고 있었다. 나는 그녀에게 호텔까지 데려다달라고 부탁했다. 까부라지는 정신의 끝자락을 붙들듯 낯선 여자의 허리춤을 잡고 호텔로 왔다. 에어컨 덕분에 실내는 서늘했다. 약이 든 통을 향해 손을 뻗다가 거둬들이며 침대에 몸을 누였다. 다시 약이나 알코올에 기대면, 그러면 다시는 남편에게 돌아갈 수 없으리라. 금방이라도 떨어져나갈 듯 벌렁대는 가슴을 지그시 누르며, 나는 전화기를 바라보았다. 지금이라도 수화기를 들면 구급차를 부를 수 있다. 누구든 나를 도와줄 사람이 있다는 생각에 집중하는 동안, 벌렁거리던 가슴은 조금씩 가라앉았다. 나는 남편의 이름을 가만히 불러보았다. 그 물 같은 무심함으로 나를 안아주었으면 싶었다. 남편 전에도 남자가 없었던 건 아니지만, 그저

spare bedroom, which he used as a study. I hovered outside it for the longest time, crouched in front of the door, unable to knock or even try the doorknob. For all I knew he was pacing on the other side. If I had seen someone behaving like me, I would have said *Grin and bear it* too. I myself didn't like the way I was acting—how could I expect anyone else to, even my husband?

I didn't expect the airport to be this busy at midnight. My flight leaves at 3 a.m. After checking in, I head for the duty-free area, looking for gifts for Jin and my husband. There's not much activity in the shops, which aren't much different from the craft shops in the local markets.

I tried to get some shopping done in the afternoon. I'd just picked out a silver cigarette lighter when I had one of my spells. My energy spilled out, and on came the palpitations. I was sure I would collapse. All in a flurry I put back the lighter and rushed out in search of a taxi. Usually you'll find the drivers squatting in the street, yelling "Taxi, do you need a taxi?" But not then. Instead, I caught a lift with a woman I saw come out of the next store and climb onto a scooter. Clutching the

럼 편안한 느낌을 준 사람은 없었다. 결혼한 뒤, 나는 잠든 남편 곁에서 속으로 말하곤 했다. 당신이 내게 와줘서 고마워. 그랬는데⋯⋯

"한국사람?"

청소부들이 입는 파르스름한 제복을 입은 사내가 불쑥 나타나 앞을 가로막는다.

"네."

"돈을 좀 바꿔줄 수 있나요? 루피아도 좋고 한국 돈도 괜찮아요."

사내가 내민 것은 죽 찢어낸 비닐조각에 싼 동전들이다. 얼핏 보기에도 끈적이는 게 묻어날 듯 꼬질꼬질한 오백 원짜리 동전이 고무밴드로 친친 동여맨 비닐 속에 들어 있다. 여러 번 거절당한 사람의 소심함과 그럼에도 버릴 수 없는 미련이 남은 얼굴.

"이 동전이 다 어디서 났어요?"

"친구가 호텔에서 일해요. 거기서 나온 동전이에요."

아마도 한국인 투숙객이 흘린 것이거나 기념품으로 주었을 동전들. 동전은 스무 개다. 그가 바라는 건 한국돈 만 원 혹은 십만 루피아다. 얼마나 오래 갖고 있었던 걸까. 비닐에선 눅진한 기운이 느껴진다. 십만 루피아

stranger around the waist and hanging on for dear life to the vestiges of my consciousness, I made it back to my room at the hotel. Thank God for the air conditioning. I reached for the pill container, but pulled back my hand and crawled into bed. If I resumed depending on someone or something—in this case pills or alcohol—I would never be able to return to my husband. Gently pressing down on my pittypat heart so it wouldn't pop out, I regarded the phone. All I had to do was lift the receiver and I could call an ambulance. As I focused in on the thought that help was always within reach, my racing heart began to slow. I softly called my husband's name. If only he could embrace me in all his stolidity, impassive as flowing water. He wasn't the only man I'd been with, but he was the first to endow me with such peace. Next to my sleeping husband at night I had silently thanked him for coming into my life. But now...

"Korean?"

There in front of me, a man in a light blue janitor's uniform.

"Yes."

"Can you change this for me? Rupiahs are good, or Korean."

를 제하고도 커피값 정도는 남는다. 인천공항에 도착하자마자 이 꼬질꼬질한 동전을 바꿔야겠다고 마음먹으며 가방에 집어넣는다. 사내는 고맙다고 거듭 말한다. 그가 고맙다고 말하는 횟수가 꼭 그가 거절당한 횟수인 것만 같다. 숱하게 거절당한 기억을 삼키며 다시 사람에게 다가갔을 그가, 그에게서 벗어나는 나를 눈으로 바래고 있다.

내 몸이 남편을 거듭 무안하게 하던 어느 날, 나는 진에게 술을 사달라고 했다. 동료이던 시절, 진은 여럿이 있는 자리에서 내게 말하곤 했다. "당신 말이야, 옆구리 시리면 언제든 연락해. 내가 다른 건 몰라도 몸으로 때우는 건 해줄 수 있으니." 그때마다 나는 코웃음으로 받았다. "예쁜 부인 동반해서 스리섬이라면 모를까, 댁같이 뻣뻣한 남잔 내 취향 아니라네" 하면서. 내가 빠른 속도로 취해가자, 술잔을 드는 진의 손놀림이 표나게 굼떠졌다. "당신, 무슨 일 있냐? 남편 봐도 이젠 가슴 안 뛰냐?" 내가 진 앞에서 몸을 가누지 못할 만큼 취한 건 처음이었다. 집에 데려다주겠다는 진을 나는 모텔로 이끌었다. 다음날 아침, 마주 앉아 해장국을 먹을 때 진은 내 앞에 깍두기 보시기를 밀어주며 생색내는 걸 잊지 않았

He holds out a handful of coins in a plastic wrap secured with a rubber band. Inside the sticky-looking plastic I can make out a stack of grimy 500-*wŏn* coins. The man's expression is a mix of the hope that springs eternal and the timidity that comes from multiple rejections.

"Where did you get those?"

"My friend—he works at a hotel."

They must have been left behind by hotel guests or given as souvenirs. There are 20 of them, so he's looking for a 10,000-*wŏn* bill or a 100,000-rupiah bill. I wonder how long he's had them. I take the coins in their damp, gummy wrapper and give him 100,000 rupiah, making sure I have enough left for coffee or whatnot. I stow the money in my bag—I'll exchange it as soon as I land in Incheon. The man thanks me over and over, until I wonder if the number of thank-yous equals the number of rejections. Swallowing those numerous rejections, he must have approached me for one last try, and here he is seeing me off with his eyes. I take my leave.

One day in the aftermath of my body's shame-inducing shutdown of my husband, I had Jin buy me a drink. Back when we worked together he

다. "내 평생, 차려놓은 밥상 그냥 물린 건 처음이다." 나도 너스레를 떨었다. "반찬이 마음에 안 들었나 보지 뭐. 사실 재료가 좀 시들긴 했지." 진은 손사래를 쳤다. "무슨 소리야, 내가 어제 참느라 얼마나 고생했는지 알아?" 내 허벅지에 단단하게 느껴지던 진의 욕망, 꼭 끌어안고 밤을 지내면서도 진은 끝내 옷을 벗지 않았다. "우리가 전에 야근하면서 같이 보낸 밤이 좀 많았냐. 그 후유증인가봐. 어째 영 근친상간 같아서……" 길게 변명을 늘어놓는 진이 귀엽고 고마웠다. 진은 차려놓은 밥상을 물리친 이야길 술자리에서 떠들어댈 것이다. 그러나 그 상대가 나라는 걸 밝히지는 않으리라는 믿음이 있었다. 나는 숟갈로 선지덩어리를 떠올리다 말고 불쑥 말했다. "나, 조만간 아르바이트 자리 정식으로 부탁하게 될지 몰라." 진이 밥술을 놓고 캐물었지만, 그 이상은 말하지 않았다.

남편에게 나 스스로 소름끼치는 쇳소리를 내는 순간, 나는 돌이킬 수 없는 일이 벌어졌다는 것을 깨달았다. 고작 한마디였을 뿐이다. 그러나 타오르는 불길 위에 손가락을 댔을 때 느끼는 통증만큼이나 선명한, 돌이킬 수 없다는 느낌. 폭탄을 투척하듯, 불붙은 새를 남편에

used to announce, whenever he had an audience, "Hey babe, any time you need a hot water bottle, I'm at your service. You want body heat, I got it!" I would always snort and come back with, "It's a deal, long as you include your beautiful wife and we make it a threesome. I'm sorry, but a gentleman with a one-track mind doesn't do much for me." At the bar I quickly got a buzz on. Jin himself put on the brakes. "Hey, babe, something wrong? Is the thrill gone with hubby?" It was the first time with Jin that I was so drunk I couldn't stand up straight. He wanted to take me home, but I got him into a motel instead. The next morning, as we sat across from each other over bowls of hangover soup, Jin pushed the radish kimchi toward me and tried to get the last word in: "I want you to know I have never, ever turned down a banquet." But I was up to the challenge. "Maybe the fixings weren't to your liking? Or the ingredients weren't fresh enough." Jin waved it off. "What do you mean? You obviously don't know about the pain of desistance." I'd felt the hard knot of his desire against my thigh, but even as we clutched each other throughout the night, he never removed his clothes. "Remember all those times we had to work till dawn? I guess I'm

게 던져버렸다는 느낌. 나는 공들여 뜨던 스웨터에서 뜨개바늘을 뽑고 결연하게 코를 풀듯 가방을 꾸렸다. 눈앞에서 폭탄이 터지는 걸 보기라도 한 듯 망연자실한 남편을 두고 원룸으로 옮겼다. 그 모든 게, 어찌해볼 길 없는 나쁜 꿈속에서 벌어진 일인 것만 같다.

"그 일이 있고 나서 발리 사람들은 신께 용서를 비는 의식을 치렀어요. 그렇게 엄청난 일이 까닭 없이 일어날 리는 없다고 생각한 거지요. 거기엔 그럴 만한 이유가 있을 테고, 우리가 신을 노하게 한 것이 있을 것이라고요. 어째서 이 평화롭던 섬에 그런 일이 벌어졌는지, 곰곰 생각했지요. 그러고 보면 조짐들이 있었어요. 그 비극이 벌어지기 몇 달 전, 꾸따 남쪽 해변에서 종교의식이 거행되었거든요. 그런데 그때, 트랜스 상태에서 한 사람이 예언을 했지요. 조만간 발리에 아주 나쁜 일이 벌어질 거라고요. 그리고 그 비극이 벌어졌지요."

그때 예언을 새기지 못한 회한이 앨리스의 말에 묻어났다. 예언을 새겨들었단들, 폭탄을 품에 두르거나 차에 싣고 뛰어드는 이들을 막을 방도는 없었을 테지만.

여름방학을 맞아 도시에 사는 숙모네 집으로 떠나던

still feeling the aftereffects. Because it would have been like incest." And so on and so forth. He was so cute with his bag of excuses, and I was so thankful. I was sure future binges would find him bragging about the feast he'd declined, but I trusted him just as much not to reveal who the main course was. Just as a spoonful of the bloody soup stock was about to go into my mouth, a thought came to me: "I just might ask you to take me back part-time." Jin put his spoon down, wanting to hear more, but that was all I said.

The moment I shrieked at my husband, I realized I had reached a point of no return. Those few words I'd screamed were as painful as if I'd touched fire. I felt like a suicide bomber as I set my birdie aflame and lobbed it at him. I packed my bag as swiftly as I'd once pulled apart a sweater I'd put my heart into knitting. Leaving my shell-shocked husband, I moved into a studio. It was a bad dream featuring helpless me.

"After the tragedy the people in Bali had a ceremony—they wanted forgiveness from the Gods. How could something so terrible have happened—there had to be a reason. We must have angered the gods, but how? And why, here on this peaceful

아이는 설렘만 안고 있었다. 숙모네 식구들이 영화를 보기로 한 날, 홀로 남아 혼곤히 잠들게 했던 여름감기는 그냥 우연이었을까. 열대의 클럽에선 술에 취한 관광객이 음악에 맞춰 발끝을 까닥이고 있었다. 그날, 누군가는 그 클럽에 들어가려다 시끄러워서 다른 곳으로 옮겼을 것이다. 오래전, 이 공항에서 비행기에 오를 땐 내가 옆자리의 남자와 결혼하게 되리라고는 상상도 하지 못했다. 그 모든 불가항력을 딛고, 떠나온 곳으로 나를 데려갈 비행기의 탑승 안내방송이 울린다. 보딩패스를 건네는데, 난데없이 내 입술이 가볍게 달막인다. 옴 샨티 샨티 샨티 옴. 갈라 페스티벌에서 인사말을 하던 사람들마다 마무리할 때 쓰던 진언. 그 뜻을 알려준 사람은 앨리스였다. "옴 샨티는 '모든 인류에게 평화'를 뜻해요. 그걸 세 번 반복하는 건, 정신의 고통과 육체의 고통, 그리고 우리로서는 어쩔 수 없는 자연재해 때문에 생긴 고통에서 풀려나 마음의 평화를 얻으라는 뜻이지요."

* 본문 중 발리 테러에 관한 내용의 일부는 Janet De Neefe의 책 『fragrant rice』에서 도움을 받았습니다.

『너 없는 그 자리』, 문학동네, 2012

island? We mulled over these questions. And we realized there'd been warning signs. A few months earlier there'd been a ceremony on Kuta Beach. A man in a trance made a prediction: Before long something bad would happen to Bali. And so it did."

Alice's words were full of regret at the failure to heed the prediction. But what could anyone have done to stop a suicide bomber with explosives strapped to his body, or a speeding vehicle loaded with bombs?

The girl's heart had fluttered in anticipation as she left for her aunt's place in the city during summer vacation. Was it all a coincidence that her cousins had gone to see a movie and she was left alone, recovering from a cold and taking a fitful nap? At the tropical island nightclub, drunken tourists were tapping their toes to the music. Was it all a coincidence if someone intending to go there turned back because of the noise and went elsewhere? Did I have any inkling I would marry a man sitting next to me on a plane I boarded at this very airport? I traverse these various inevitabilities as I listen to the boarding announcement for the flight that will take me home. As I hand the boarding pass to the agent, I feel a gentle movement of my lips. *Om shanti shanti shanti om.* The finishing touch to the remarks of each of the speakers at the opening-night gala. Alice had explained the meaning of this mantra. "*Om shanti* means 'peace to all.' You say it three times, once for spiritual pain, once for physical suffering, and last to regain peace after a natural disaster."

* The author wishes to acknowledge Janet De Neefe's *Fragrant Rice,* to which she referred in preparing the section of this story dealing with the terrorist bombings on Bali.

Translated by Bruce and Ju-Chan Fulton

해설

Afterword

불가항력의 비극, 포용의 윤리

차성연 (문학평론가)

한국사회에서 '가족'은 무수한 갈등과 모순을 끌어안고 그것을 드러내지도 못한 채 내부적으로 봉합하는 데 급급해왔다. 광고나 드라마와 같은 대중 서사물이 유포하는 것처럼 가족은 친밀한 유대와 따뜻한 공감으로 맺어진 관계가 아니었던 것이다. 유교적 전통에 힘입은 가부장적 권위가 가족 구성원들을 억압하면서 개인적 상처와 고통의 근원을 만들어내는 장소가 다름 아닌 '가족'이며 그로 인한 갈등과 모순에 대해 어떠한 외부적 개입도 쉽사리 허락되지 않는 폐쇄적 공간이 바로 '가족'이다.

1990년대의 여성작가들은 이러한 가족의 폐쇄성을

Inevitable Tragedies, Ethics of Tolerance

Cha Seong-yeon (literary critic)

The family in Korean society has long busily hid its conflicts and contradictions rather than reveal and manage them. In general, the Korean family has not been the locus of the kind of warm, sympathetic relationships that popular narratives in commercials and TV dramas would like us to believe. It been a place where patriarchal authority based on Confucian tradition oppresses its members and inflicts trauma and pain. The family is also a closed space that does not allow any sort of outside intervention in its conflicts and contradictions.

In the 1990s Korean women writers began to break these barriers of silence and speak out re-

허물고 그 안에서 상처를 끌어안고 살아왔던 삶에 대해 발화하기 시작했다. 이혜경의 『길 위의 집』(민음사, 1995)은 치매를 앓고 있는 노모를 통해 곪을 대로 곪은 가족의 문제를 표면화한 작품으로서, '가족' 문제를 다루는 1990년대 여성작가 글쓰기의 한 유형을 잘 보여주는 작품이다. 하지만 작가 이혜경은 가족의 문제를 어떠한 포장도 없이 리얼하게 보여주긴 하지만 쉽게 해답을 제시하지는 않는다. 그것은 가족 구성원 사이의 갈등이 사실은 모든 인간관계에 있어서의 갈등과 다르지 않다고 보기 때문이며, 인간의 근본적인 심성이 달라지지 않는 한 가족의 문제든 사회 전반의 문제든 나아질 것이 없다고 보기 때문이다. 이혜경의 소설은 '가족'을 말할 때, 가부장과 반가부장, 남성과 여성의 대립을 내세우지 않는다. 물론 『길 위의 집』을 비롯하여 최근의 소설에 이르기까지 대립적인 현실을 그 누구보다 날카롭게 보여준 작가가 이혜경이긴 하지만 그 밑바탕에는 항상 너나없이 비슷한 상처를 안고 살아가는 타인에 대한 공감과 포용의 윤리가 깔려 있었다. 그렇기 때문에 타인이 겪는 갈등은, 그것이 남성의 것이든 가부장의 것이든 '나'의 갈등과 다르지 않은 것이 되고 거기서 이해

garding the kind of life family members were suffering from. Lee Hye-kyung's *A Home on the Wayside* (1995) is one such work representative of a 1990s woman writer. Bringing the deep-seated family problems to the surface through the story of an old, increasingly senile mother, Lee presents the problem of a family extremely realistically but refuses to offer any easy solutions. This is because she considers the conflict among family members analogous to other conflicts in human relationships, and because she does not believe that problems in a family or a society will simply go away unless one's basic human nature changes. In her novels and stories, family is presented not simply through the opposition of patriarch and anti-patriarch, or men and women. While Lee has vividly depicted these oppositions throughout her literary career, she also presents them on a foundation of sympathy and tolerance for others who have lived with similar wounds. Therefore, conflicts undergone by others, even men and patriarchs, are no different from our own. In Lee's world, when one fails to apply basic understanding and tolerance, our basic human nature, there is no hope of solving anyone's problems.

와 포용이라는 인간의 근본적인 심성이 발현되지 않는 한 '나'의 문제든 '너'의 문제든 달라질 것이 없다는 작가의식을 발견하게 되는 것이다.

2008년 발표된 단편「그리고, 축제」또한 '나'의 문제를 타인들이 겪는 공동의 문제로 환원하여 가족의 문제를 성찰하는 이야기라 할 수 있다. 화자인 '강지선'은 남들이 모두 부러워하는 이해심 깊은 남자를 만났지만 어린 시절 성폭력의 기억으로 힘들어하다 남편과 별거 중이다. 옛 직장동료 진의 소개로 취재차 방문한 인도네시아에는 발리의 연쇄폭탄테러의 여파로 힘겨운 삶을 살아가는 이들이 있다. 자신의 의지와는 상관없이 우연히 찾아든, 그러나 이후의 삶을 돌이킬 수 없는 어둠 속으로 몰아넣은 '폭력'으로 인해 '나'와 그들의 삶은 파괴되었다. '나'의 상처에 집착하기보다 그들의 아픔에 공감하고 아파하는 강지선과, 과거의 비극에 갇혀 있기보다는 "신께 용서를 비는 의식"을 치르며 살아가는 그들의 삶은 닮아 있다. 이를 통해 '나'와 그들의 삶을 돌이킬 수 없게 만든 힘은 "불가항력"이었지만 "그 모든 불가항력을 딛고" '나'와 그들은 살아가고 있으며 살아갈 수밖에 없다고 작가는 말한다. "옴 샨티는 '모든 인류에게 평

"And Then the Festival" (2008) is a short story that reflects on these matters of the family when an individual's problem is reduced to a common problem that he or she shares with everyone else. The narrator, Kang Chi-sǒn, is separated from her husband, a generous man for whom everyone envies her, because of her troubled memories of a childhood rape. At the suggestion of her former editor Jin, she visits Indonesia on assignment and encounters a number of individuals suffering from the aftermath of a terrorist bombing. Kang realizes that the "violence" that visited both her and them has thrown their lives into turmoil. Kang, who empathizes with their pain instead of being obsessed with her own, and the Indonesian bombing victims, who perform "a ritual praying for God's forgiveness" rather than allowing themselves to be imprisoned in their past tragedies, lead similar lives. Through this story, the author tells us that the narrator and the Indonesian bombing victims live and should live in the pursuit of overcoming the "inevitable force." Lee seems to be suggesting that family conflict is inevitable, but we can overcome this "inevitable force" through our heart, ending the story with the following words of Alice: *"Om shanti*

화'를 뜻해요. 그걸 세 번 반복하는 건, 정신의 고통과 육체의 고통, 그리고 우리로서는 어쩔 수 없는 자연재해 때문에 생긴 고통에서 풀려나 마음의 평화를 얻으라는 뜻이지요"라는 '앨리스'의 말로 소설을 끝맺는 작가 이혜경은, 아마도 가족 간의 갈등 또한 어쩔 수 없는 것에 가깝지만 '마음'을 통해 그 불가항력을 딛고 나아갈 수 있다고 말하는 듯하다. 「그리고, 축제」의 강지선이 남편과 화해할 수 있을지 알 수 없는 것처럼, 가족 간의 갈등을 딛고 나아가는 가족의 형태가 어떠한 것인지는 미지수이다. 다만 "상명하복을 신조로 삼는 마초 중의 마초"인 직장동료 진이 어려운 상황에 처한 강지선을 외면하지 못하는 것처럼, 강지선 또한 허세로 부푼 그의 외면에서 내면의 불안을 예민하게 감지해내는 것처럼, 서로를 이해하고 포용하는 '마음'으로 갈등을 딛고 가족, 혹은 공동체의 폭이 한층 더 넓어질 수 있을 거라 말할 수 있을 뿐이다.

이혜경의 작품 세계 또한 '마음의 평화'를 말함으로써 좀 더 폭이 넓어진 느낌이다. 가족의 상처를 들추어 말하는 것만으로도 의미가 있었던 『길 위의 집』의 시간으로부터 이제는 꽤 멀리 왔기에 가족의 상처를 무엇으로

means 'peace to all.' You say it three times, once for spiritual pain, once for physical suffering, and last to regain peace after a natural disaster." Since we cannot know whether Kang will reconcile with her husband, we cannot know what road the family will take to overcome its inner conflicts. All we can know for sure is that understanding and tolerance can widen the horizons of family and community. Just as Jin cannot ignore Kang despite his "macho of all machos" personality, Kang can sensitively perceive Jin's inner anxiety behind his puffed-up appearance.

Through this "peace" of heart, Lee's world also seems to have broadened. Lee has come a long way from *A Home on the Wayside*, when merely talking about family wounds was meaningful, to the present time, when she talks about how we can embrace those wounds. Lee's novels and stories are becoming deeper and wider, because she does not ignore these questions and because she is not limited by them, either.

보듬을 수 있는지 말하지 않을 수 없는 시간이 되었다. 이혜경의 소설은 그러한 물음을 외면하지 않으면서, 또 그 물음의 폭을 한정짓지 않음으로써 깊고 넓어지고 있다.

비평의 목소리

Critical Acclaim

그런 조건이 도저히 물릴 수 없는 '불가항력'인 것으로 판명될 때 그들은 어떻게 그 백척간두의 위기에서 자신을 보존하고 살아갈 수 있을 것인가. 울음을 삼키고 독을 품어온 그들은, 자신에게 슬픔만 안겨준 이 삭막한 세상을 버리고 스스로 탈주를 감행하며 우리를 놀라게 한다. 그리고 고독을 선택한다. 그러나 이 무슨 노릇일까. 그렇게 매섭게 끊고 모질게 거절하고 단호하게 떠나버리는 사람들의 모습이 더 애틋하게 느껴지는 것은.

이소연

　불가항력을 딛고 넘어서는 것이 아니라 그 불가항력

When a condition like that turns out to be "inevitable," how can they preserve themselves in such a crisis and live on? Those who had to suppress their tears and imprison their grudges surprise us by bravely escaping this wasteland of a world that has only saddened them. Then, they choose solitude. But how could this be? Why do we feel tenderer towards them when they leave this world so resolutely?

Lee So-yeon

It seems that the author is saying that a life lived with a sense of inevitability rather than the belief

에 한 발을 내어준 채 살아가는 삶이야말로 진짜 삶다운 것이라고, 그리고 그 삶다움을 재현하는 일이야말로 진정한 문학다움을 완성하는 것이라고 작가는 말하려는 듯하다. 제 자신의 불행을 모른 척하기 힘들다는 앎의 불가항력, 짐작조차 하지 못했던 일들과 끊임없이 마주할 수밖에 없다는 삶의 불가항력, 그리고 어떤 위로나 공감으로도 좀처럼 완벽해질 수 없다는 관계의 불가항력, 이혜경은 이 모든 불가항력을 디딘 채로만 우리 삶이 언젠가는 진정한 축제가 될 수 있다고 말하고 있는 것이다.

조연정

가족의 해체라는 최근 우리 소설의 인기 있는 주제에 대해 이혜경의 소설이 차지하는 위치는 매우 독특하다. 가부장이라는 대타자의 붕괴를 응시하는 서사들이 공동체 자체의 붕괴를 이끌어오는 상황에 대해 이혜경의 소설은 우려의 시선을 보낸다. 그 시선은 가족을 포함하는 공동체가 지닌 내부의 갈등과 차별을 해소하고 치유하는 정서적인 연대를 지향하는 목소리로 이어진다.

허병식

that one can overcome one's travails is a truer life and that literature representing that life is truer literature. Lee Hye-kyung tells us that our lives can be a true celebration only when we embrace all inevitabilities—the inevitability of impossibly ignoring one's unhappiness, the inevitability of continuously facing the unexpected, and the inevitability of imperfect relationships. We must embrace these no matter how much comfort and sympathy we may get by avoiding them.

Jo Yeon-jeong

Lee Hye-kyung's works deal with a theme now in vogue, family dissolution, in a unique way. Lee does not wish for the collapse of community or to chronicle the collapse of the patriarch, the great other. But Lee's concerns find their voice in narratives that pursue emotional solidarity through the dissolution and healing of inner conflicts and discrimination within families and communities.

Huh Byeong-sik

The economic difference between Korea and their mother country becomes the source of double oppression to them [migrant workers]. The

한국과 모국 사이의 경제적 격차가 이들에게는 이중적 억압으로 다가온다. '아밀'(「틈새」의 화자와 다를 바가 없다)은 물론, '샤프'와 '라흐맛'의 꿈은 이러한 경제적 불균형 때문에 더욱 현실에서 멀어진다. 꿈꿀 권리조차 경제적 가치로 환원되는 비정한 현실을 다시금 생각해본다. 이혜경은 이들을 옭죄는 근대적 일상이 '우리'를 되비추는 거울이라는 사실을 고통스럽게 환기한다. 현실의 행복한 삶을 위협하는 근원적 요소를 탐색하고, 고통스럽지만 그 조건들을 끊임없이 환기하는 작업은, 변하지 않는 문학의 본질적 기능이기에……

고인환

그것은 세상을 새롭게 만나고 이해하는 것이기도 하니, 이혜경의 소설은 이 소설 읽기의 기쁨과 의미를 충실하게 보여준다. 외로운 섬으로서의 사람들에 대한 이야기도, 그 섬들을 잇는 일도, 소설에선 언어를 통해서 이루어질 수밖에 없다. 언어가 그 섬들 사이에 난 길이기 때문이다. 그러므로 이혜경의 소설이 이끌어가는 길들이 미더운 것은 어쩌면 그 언어 때문이라고 할 수도 있을 것이다.

황도경

dreams of Shaf and Rahmat, as well as those of Amil (like the dreams of the narrator of "Aperture") slip further and further away from reality because of this economic imbalance. They remind us of the cruel reality where even our right to dream is reduced to an economic value. Lee Hye-kyung allows it to become painfully apparent that the kind of modern everyday life that oppresses these individuals is a mirror that reflects "us." Discovering the basic conditions that threaten happiness in our daily lives and constantly reminding us of them, this is literature's essential function...

Ko In-hwan

Lee Hye-kyung's novels and stories provide us with the central pleasure and significance of reading novels and short stories: discovering and seeing the world anew. In novels and short stories, it takes language to tell stories of people who live as solitary islands. Language, however, is also the road between those islands. Thus, we might say that the roads Lee's works lead us down are steady ones thanks to the solid foundation of her language.

Hwang Do-gyeong

그런데 작가는 여기에서 좀 더 나아가 분노의 구조에 관심을 보임으로써 분노를 거스른다. '분노하는 자'보다 '분노하는 자를 바라보는 자'를 서술자나 초점자로 위치시켜 전경화하는 소설의 구도는 이러한 관심을 증명하고 있다. 말하자면 '나'는 타자를 통해 '나'의 분노를 느끼고 확인하는 동시에 대상화한다. 이러한 행위는 타자의 시선으로 '나'를 성찰하는 것에 다름 아니다.

정혜경

The author goes a step further and opposes anger by revealing the structure of anger. Her work's structure, where "someone who observes the angry one" rather than "the angry one" is foregrounded as the narrator or the focal character, proves it. In other words, the narrator objectifies her anger at the same time that she feels and confirms that anger through others. This is the same as reflecting on oneself through the perspective of others.

Jeong Hye-gyeong

이혜경

작가 이혜경은 1960년 충남 보령에서 태어났고, 경희대학교 국어국문학과를 졸업했다. 1982년《세계의 문학》에 중편소설「우리들의 떨켜」를 발표하면서 등단하였으나 1995년 장편소설『길 위의 집』을 발표하면서 본격적인 작품 활동을 시작했다. 등단 후 첫 장편을 쓰기까지의 14년에 대해 작가는, "얼떨결이었어요. 국문과를 간 것도, 글을 쓰기 시작한 것도 그랬죠. 등단도 얼떨결에 하게 됐어요. 좀 미안한 얘기지만 소설이 뭔지 알기 전에 등단을 한 거였어요. 그런데 그 무렵 제 주변 상황도 그랬고, 시대도 암울하기 짝이 없었잖아요. 황폐한 시절이었죠. 세상도, 나도 이렇게 황폐한데 과연 글을 쓸 수 있을까, 그런 마음이었어요. 젊어서 그랬을까요. 치기 같은 것도 있었던 거 같아요. (…) 말이나 글로기만하는 사람들을 많이 봐서 그랬을 거예요. 안 쓰고살아야겠다고 생각했어요. 쉬운 일은 아니었죠. 안 쓰겠다는 마음 한켠에 쓰겠다는 마음이 있기는 했었던 모양이에요."라고 말한 바 있다(김선재,「삶의 틈새, 어느 날 오

Lee Hye-kyung

Born in Boryeong, Chungcheongnam-do in 1960, Lee Hye-kyung graduated from the Department of Korean Language and Literature, Kyunghee University. Although she made her literary debut in 1982, when her novella "Our Abscission" was published, she began her earnest in literary career in 1995 with her novel *A Home on the Wayside*. The author said about the fourteen years between her debut and the publication of her first novel, "It happened all in the confusion of the moment. I studied Korean literature. Then I began writing. I made my literary debut without any clear thoughts or plans. I am sorry to say this, but I made my literary debut before I knew what writing really meant. The situation around me, the times were all so depressing. They were bleak times. When the world and I felt so bleak, how could I possibly write? That's how I felt. Perhaps I was too young? I think I was somewhat childish, too... I think I felt that way because I saw many people who used language to deceive. I thought that I needed to live without writing. It

후」(작가 인터뷰, 《작가세계》, 2010. 봄, 50~51쪽). 첫 장편인 『길 위의 집』으로 '오늘의 작가상'(1995)과 독일 '리베라 투르상' 장려상(2004)을 받았다.

작가의 등단 이전의 행적에 대해서는 알려진 것이 거의 없다. 자전소설 「늑대가 나타났다」를 보면 공동체적인 생활상이 고스란히 남아 있는 전통적인 마을에서 어린 시절을 보냈음을 알 수 있다. 1960년대의 전형적인 촌락을 배경으로 한 자전소설과 "어렵지 않은 어린 시절"이라는 언급(위의 인터뷰, 54쪽) 등을 보면, 어린 시절 작가를 감싸고 있던 마을의 분위기는 전통적·유교적인 가치관 아래 통합적인 공동체를 형성하고 있었고 내부적인 불문율을 지키며 균형된 질서를 유지하고 있었을 것이라 유추할 수 있다. 내부적인 불문율이란 '금기'와 금기를 어긴 자에 대한 소문, 배타적 시선들이었을 것이고 이러한 불문율은 어린 여자아이에게 더욱 완고하게 작용했을 것이다. 이러한 가운데 가부장제에 대한 거부감과 "여기 아닌 다른 곳"으로의 지향, "두려움과 호기심"과 같은 양가적 감정 사이를 묘파하는 언어적 감수성이 자랄 수 있었던 것 같다. 날카로운 대립과 갈등을 다루면서도 끝내 포용하는 공동체적 감수성과 자연

wasn't easy. Despite this resolution, I must have felt the desire to write, too." She won the 1995 Today's Writer Award and the German LiBeratur Prize (Support category) in 2004 for *A Home on the Wayside*.

Although the author has never alluded to her childhood directly, her autobiographical short story "A Wolf Appeared" suggests that she spent her childhood in a traditional village that maintained a communal way of life. Based on this story set in a typical 1960s village, and her passing remark "a childhood with no difficulty," we can presume that she grew up in a village that maintained a well-balanced order under the unwritten laws of a Confucianist ideology-integrated community. These unwritten laws must have concerned "taboos" and violators of taboos and likely affected girls the most. This environment seems to have created her rejection of patriarchy, her pursuit of "a place other than here," and her linguistic sensibility that penetrates the ambiguity between "fear and curiosity." We can also assume that her communal sensibility that eventually embraced sharp opposition and conflict as well as her nature-friendly sensibility were formulated during her period of growing up in such a community. The backbone of Lee's sto-

친화적 감성 또한 어린 시절부터 형성되어왔음을 짐작할 수 있다. '나'이면서 '타자'를 지향하는 의식, 경계인적 관찰력과 사유의 힘은 이혜경의 작품을 지탱하는 뼈대와 같다.

첫 소설집 『그 집 앞』은 대부분 고통받는 여성들의 목소리로 채워져 있는데, 이는 그 시절 작가에게 자기의 이야기를 들려주었던 여인들의 생생한 육성이 그대로 반영된 결과이기도 했다. 그 후 인도네시아에서 이태 동안 머물렀던 기억은 작가의 경계인적 인식에 깊이를 더했다. 작가는 "내가 자유롭기 위해서는 보호받고 안전한 울타리 바깥에 있어야 한다고 생각"했으며(위의 인터뷰, 54쪽) 그렇기 때문에 늘 '나'를 말할 때에도 타자를 경유하였고 어떤 문제든 안과 바깥에서 동시에 바라보는 '시차'를 도입하곤 했다.

소설집 『그 집 앞』(1998), 『꽃 그늘 아래』(2002), 『틈새』(2006), 『너 없는 그 자리』(2012)를 발간하였고, 1998년 『그 집 앞』으로 한국일보문학상, 2002년 「고갯마루」로 현대문학상, 같은 해 『꽃 그늘 아래』로 이효석문학상, 2006년 「피아간」으로 이수문학상, 『틈새』로 2006년 동인문학상을 수상했다.

ries is this consciousness that embraces "others" while maintaining one's separate identity and the power of observation and thought, so often characteristic of marginalized people.

Her first short story collection, *In Front of That House*, is filled with the voices of suffering women, faithfully reflecting their voices down to the smallest details. Lee lived in Indonesia for two years and this deepened her awareness of her and so many others' marginality. Lee said once, "In order to be free, I felt that I had to be on the outside of the protected and safe fence." This must also be why she has always talked about "oneself" through "others," and introduced the "time difference" in order to look at any problem from both the inside and outside.

Her published works include the short story collections *In Front of That House* (1998), *In the Shadow of Flowers* (2002), *Aperture* (2006), and *The Place W ithout You* (2012). She won the 1998 *Hankook Ilbo* Literary Award for *In Front of That House*, the 2002 *Hyundae Munhak* Literary Award for "Ridge Top," the 2002 Yi Hyo-seok Literary Award for *In the Shadow of Flowers*, the 2006 Yisu Literary Award for "Between Us and the Rest," and the 2006 Dong-in Literary Award for *Aperture*.

번역 및 감수 **브루스 풀턴, 주찬 풀턴**

Translated by Bruce and Ju-Chan Fulton

브루스 풀턴, 주찬 풀턴은 함께 한국문학 작품을 다수 영역해서 영미권에 소개하고 있다. 『별사-한국 여성 소설가 단편집』『순례자의 노래-한국 여성의 새로운 글쓰기』『유형의 땅』(공역, Marshall R. Pihl)을 번역하였다. 가장 최근 번역한 작품으로는 오정희의 소설집 『불의 강 외 단편소설 선집』, 조정래의 장편소설 『오 하느님』이 있다. 브루스 풀턴은 『레디메이드 인생』(공역, 김종운), 『현대 한국 소설 선집』(공편, 권영민), 『촛농 날개-악타 코리아나 한국 단편 선집』 외 다수의 작품의 번역과 편집을 담당했다. 브루스 풀턴은 서울대학교 국어국문학과에서 박사 학위를 받고 캐나다의 브리티시컬럼비아 대학 민영빈 한국문학 기금 교수로 재직하고 있다. 다수의 번역문학기금과 번역문학상 등을 수상한 바 있다.

Bruce and Ju-Chan Fulton are the translators of numerous volumes of modern Korean fiction, including the award-winning women's anthologies *Words of Farewell: Stories by Korean Women Writers (Seal Press, 1989) and Wayfarer: New Writing by Korean Women* (Women in Translation, 1997), and, with Marshall R. Pihl, *Land of Exile: Contemporary Korean Fiction*, rev. and exp. ed. (M.E. Sharpe, 2007). Their most recent translations are *River of Fire and Other Stories* by O Chŏng-hŭi (Columbia University Press, 2012), and *How in Heaven's Name: A Novel of World War II* by Cho Chŏng-nae (MerwinAsia, 2012). Bruce Fulton is co-translator (with Kim Chong-un) of *A Ready-Made Life: Early Masters of Modern Korean Fiction* (University of Hawai'i Press, 1998), co-editor (with Kwon Young-min) of *Modern Korean Fiction: An Anthology* (Columbia University Press, 2005), and editor of *Waxen Wings: The* Acta Koreana *Anthology of Short Fiction From Korea* (Koryo Press, 2011). The Fultons have received several awards and fellowships for their translations, including a National Endowment for the Arts Translation Fellowship, the first ever given for a translation from the Korean, and a residency at the Banff International Literary Translation Centre, the first ever awarded for translators from any Asian language. Bruce Fulton is the inaugural holder of the Young-Bin Min Chair in Korean Literature and Literary Translation, Department of Asian Studies, University of British Columbia.

바이링궐 에디션 한국 대표 소설 054
그리고, 축제

2014년 3월 7일 초판 1쇄 인쇄 | 2014년 3월 14일 초판 1쇄 발행

지은이 이혜경 | 옮긴이 브루스 풀턴, 주찬 풀턴 | 펴낸이 김재범
감수 브루스 풀턴, 주찬 풀턴 | 기획 정은경, 전성태, 이경재
편집 정수인, 이은혜 | 관리 박신영 | 디자인 이준희
펴낸곳 (주)아시아 | 출판등록 2006년 1월 27일 제406-2006-000004호
주소 서울특별시 동작구 서달로 161-1(흑석동 100-16)
전화 02.821.5055 | 팩스 02.821.5057 | 홈페이지 www.bookasia.org
ISBN 979-11-5662-002-0 (set) | 979-11-5662-011-2 (04810)
값은 뒤표지에 있습니다.

Bi-lingual Edition Modern Korean Literature 054
And Then the Festival

Written by Lee Hye-kyung | **Translated by** Bruce and Ju-Chan Fulton
Published by Asia Publishers | 161-1, Seodal-ro, Dongjak-gu, Seoul, Korea
Homepage Address www.bookasia.org | **Tel**. (822).821.5055 | **Fax**. (822).821.5057
First published in Korea by Asia Publishers 2014
ISBN 979-11-5662-002-0 (set) | 979-11-5662-011-2 (04810)

〈바이링궐 에디션 한국 대표 소설〉 작품 목록(1~45)

도서출판 아시아는 지난 반세기 동안 한국에서 나온 가장 중요하고 첨예한 문제의식을 가진 작가들의 작품들을 선별하여 총 105권의 시리즈를 기획하였다. 하버드 한국학 연구원 및 세계 각국의 우수한 번역진들이 참여하여 외국인들이 읽어도 어색함이 느껴지지 않는 손색없는 번역으로 인정받았다. 이 시리즈는 세계인들에게 문학 한류의 지속적인 힘과 가능성을 입증하는 전집이 될 것이다.

바이링궐 에디션 한국 대표 소설 set 1

분단 Division

01 병신과 머저리-이청준 The Wounded-Yi Cheong-jun
02 어둠의 혼-김원일 Soul of Darkness-Kim Won-il
03 순이삼촌-현기영 Sun-i Samch'on-Hyun Ki-young
04 엄마의 말뚝 1-박완서 Mother's Stake I-Park Wan-suh
05 유형의 땅-조정래 The Land of the Banished-Jo Jung-rae

산업화 Industrialization

06 무진기행-김승옥 Record of a Journey to Mujin-Kim Seung-ok
07 삼포 가는 길-황석영 The Road to Sampo-Hwang Sok-yong
08 아홉 켤레의 구두로 남은 사내-윤흥길 The Man Who Was Left as Nine Pairs of Shoes-Yun Heung-gil
09 돌아온 우리의 친구-신상웅 Our Friend's Homecoming-Shin Sang-ung
10 원미동 시인-양귀자 The Poet of Wŏnmi-dong-Yang Kwi-ja

여성 Women

11 중국인 거리-오정희 Chinatown-Oh Jung-hee
12 풍금이 있던 자리-신경숙 The Place Where the Harmonium Was-Shin Kyung-sook
13 하나코는 없다-최윤 The Last of Hanak'o-Ch'oe Yun
14 인간에 대한 예의-공지영 Human Decency-Gong Ji-young
15 빈처-은희경 Poor Man's Wife-Eun Hee-kyung

바이링궐 에디션 한국 대표 소설 set 2

자유 Liberty

16 필론의 돼지-이문열 Pilon's Pig-Yi Mun-yol
17 슬로우 불릿-이대환 Slow Bullet-Lee Dae-hwan
18 직선과 독가스-임철우 Straight Lines and Poison Gas-Lim Chul-woo
19 깃발-홍희담 The Flag-Hong Hee-dam
20 새벽 출정-방현석 Off to Battle at Dawn-Bang Hyeon-seok

사랑과 연애 Love and Love Affairs

21 별을 사랑하는 마음으로-**윤후명** With the Love for the Stars-**Yun Hu-myong**

22 목련공원-**이승우** Magnolia Park-**Lee Seung-u**

23 칼에 찔린 자국-**김인숙** Stab-**Kim In-suk**

24 회복하는 인간-**한강** Convalescence-**Han Kang**

25 트렁크-**정이현** In the Trunk-**Jeong Yi-hyun**

남과 북 South and North

26 판문점-**이호철** Panmunjom-**Yi Ho-chol**

27 수난 이대-**하근찬** The Suffering of Two Generations-**Ha Geun-chan**

28 분지-**남정현** Land of Excrement-**Nam Jung-hyun**

29 봄 실상사-**정도상** Spring at Silsangsa Temple-**Jeong Do-sang**

30 은행나무 사랑-**김하기** Gingko Love-**Kim Ha-kee**

바이링궐 에디션 한국 대표 소설 set 3

서울 Seoul

31 눈사람 속의 검은 항아리-**김소진** The Dark Jar within the Snowman-**Kim So-jin**

32 오후, 가로지르다-**하성란** Traversing Afternoon-**Ha Seong-nan**

33 나는 봉천동에 산다-**조경란** I Live in Bongcheon-dong-**Jo Kyung-ran**

34 그렇습니까? 기린입니다-**박민규** Is That So? I'm A Giraffe-**Park Min-gyu**

35 성탄특선-**김애란** Christmas Specials-**Kim Ae-ran**

전통 Tradition

36 무자년의 가을 사흘-**서정인** Three Days of Autumn, 1948-**Su Jung-in**

37 유자소전-**이문구** A Brief Biography of Yuja-**Yi Mun-gu**

38 향기로운 우물 이야기-**박범신** The Fragrant Well-**Park Bum-shin**

39 월행-**송기원** A Journey under the Moonlight-**Song Ki-won**

40 협죽도 그늘 아래-**성석제** In the Shade of the Oleander-**Song Sok-ze**

아방가르드 Avant-garde

41 아겔다마-**박상륭** Akeldama-**Park Sang-ryoong**

42 내 영혼의 우물-**최인석** A Well in My Soul-**Choi In-seok**

43 당신에 대해서-**이인성** On You-**Yi In-seong**

44 회색 時-**배수아** Time In Gray-**Bae Su-ah**

45 브라운 부인-**정영문** Mrs. Brown-**Jung Young-moon**